CHRÉTIENNE

OU LES

MARIAGES MIXTES,

PAR

L'Auteur de **CÉLESTE**

❦

J'ai cru, c'est pourquoi j'ai parlé....
(Ps. cxvi, 10).... sans haine et sans
crainte.

⸺ ❦ ⸺

A VALENCE,

CHEZ MARC AUREL FRÈRES,

IMPRIMEURS-LIBRAIRES, ÉDITEURS.

A BÉDARIEUX, CHEZ L'AUTEUR.

1858.

CHRÉTIENNE,

ou

LES MARIAGES MIXTES.

TYPOGRAPHIE DE MARC AUREL FRÈRES.

CHRÉTIENNE

OU

LES MARIAGES MIXTES,

PAR

L'Auteur de **CÉLESTE.**

J'ai cru, c'est pourquoi j'ai parlé...
(Ps. civi , 10).... sans haine et sans
crainte.

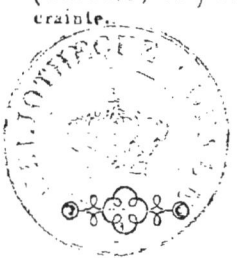

VALENCE,
CHEZ MARC AUREL FRÈRES,
IMPRIMEURS-LIBRAIRES, ÉDITEURS.
1838.

AVIS ESSENTIEL.

——

Nous n'aimons pas les préfaces *explicatives*, tout livre devant *s'expliquer* lui-même. Moins encore aurions-nous eu recours à l'*avis essentiel*, s'il n'avait paru plus qu'*essentiel* à notre conscience politique et religieuse, de déclarer que l'opinion soutenue dans CHRÉTIENNE est le sentiment de toute notre vie; non un thème de parti, de circonstance. Nous avions écrit depuis plus d'un an — presque toutes ces lettres ont été faites aux dates qu'elles portent — et quelques amis nous avaient lu, lorsque deux illustres mariages, sur lesquels nous ne voulons exprimer pas plus une approbation qu'ils ne nous demandent point, qu'un blâme dont ils n'auraient pas grand chagrin, firent pour certains esprits, toujours préparés aux discussions irritantes, de la question grave et calme de toute notre vie, une légère et âcre question du moment; qui même vient de recevoir un aliment nouveau des événemens de Cologne. Ces événemens, les deux mariages illustres et la position conjugale de plusieurs personnes, que nous estimons et que nous aimons, au lieu de nous faire parler nous auraient fait taire, n'eût été l'autorité de cette devise que nous avons depuis long-temps choisie, et qui sera toujours la nôtre : *J'ai cru, c'est pourquoi j'ai parlé.....* sans haine et sans crainte.

Bédarieux, le 23 janvier 1838.

J^n. *Massé*, Pasteur.

CHRÉTIENNE

OU

LES MARIAGES MIXTES.

CHRÉTIENNE A ÉVANGÉLINE.

PREMIÈRE LETTRE.

*.... (Hérault), 28 novembre 1835.

Que n'es-tu là pour me conseiller, ô
ma meilleure amie ! Car est-il quelqu'un
que j'aime davantage et qui m'aime plus
que toi ? Comme nos cœurs savaient s'entendre, lorsque nous habitions les mêmes
lieux ! Ces lieux où sont nos berceaux,
que nos premiers pas pressèrent, que
virent nos premiers regards, dont notre

I

langue balbutia le nom, en même temps que les noms les plus vénérés et les plus chéris, où notre enfance coula, douce et rapide, auxquels notre jeunesse s'était promise, longue, calme, pieuse, et où l'amité se fit sentir à nous. Oui, comme nos cœurs savaient s'entendre, et trouvaient même charme, charme ineffable dans ces méditations religieuses qui leur étaient le plus pressant besoin et le premier des biens! Que de fois, à l'aspect de nos sites élégans, de nos riches coteaux, de notre ciel si pittoresquement rétréci et comme encaissé dans notre beau vallon, nous nous sommes crues plus près de l'Éternel, dont la grandeur s'amoindrissait à nos yeux au profit de sa bonté, et qui dans ce très-petit coin de la création nous apparaissait mieux comme un père! Que de fois, après ces tendres émotions, nous avons, regagnant nos demeures, parlé du Christ et du salut à une vieille femme, pauvre et souffrante, à une jeune fille, ignorante et ingénue! Que de fois nous avons occupé nos veillées à des lectures sacrées, à des entretiens bibliques, à des chants chrétiens, et avons ensemble prié!.... Heures de joie, jours de délices, années de félicité! Votre souvenir fait couler mes larmes. Et celui de ma mère!.... Que sa perte m'est funeste aujourd'hui!!.. Quand elle s'endormit au Seigneur — voilà deux ans écoulés, j'en avais seize alors — je crus que ce jour, jour d'indicible angoisse, était pour mon cœur le plus terrassant. Au bout de deux ans la séparation m'est encore plus sensible. Une mère!!! Une ame de fille ne la remplace jamais. Une mère devine nos besoins, voit naître nos pensées, fait écho à nos cris de joie, soupire nos soupirs, tremble de nos anxiétés, se trouble

de nos craintes, s'enchante de nos illusions, rêve de nos rêves, compte les
battemens de nos cœurs par les battemens du sien..... Et je n'ai plus ma
mère!!! Du moins, ô ma meilleure amie,
que n'es-tu là pour me conseiller! Mais
entre nous quelles distances! Des mers
nous séparent. Hélas! lorsqu'on t'arra-
chait à mes bras, mêlant tes pleurs à
mes pleurs, et que tu suivais, en te retournant vers ton amie, celui pour lequel tu devais tout quitter, ton époux
si tendre et si digne qui t'emmenait habiter Lyon, et embellir et embaumer
un autre ciel, j'espérais te revoir bientôt, quoique je ne songeasse point avoir
des confidences de cœur à te faire. Vaine
espérance! Un voyage imprévu t'emporte au loin, et dans le temps qu'une
lettre irait te chercher en Angleterre,
te dire mes circonstances, te révéler
mes sentimens, et lever à ton œil le

voile de mon avenir, peut-être mon
avenir sera changé, mes sentimens
changés, mes circonstances changées.
Tu ne sauras donc rien de moi, Évangéline, pendant que la plus grave question s'agitera et va se décider sur mon
compte. Je veux néanmoins te parler
comme si tu pouvais m'entendre, t'é-
crire comme si tes yeux me lisaient, et
à mesure qu'une pensée s'élèvera dans
mon esprit, je te la confierai, chaude,
brûlante ; à mesure qu'un sentiment
naîtra dans mon cœur, je le verserai
dans le tien ; à mesure que quelque
événement surgira dans ma vie, tu en
seras instruite. Je le croirai. Par une illusion de l'amitié, il me semblera que
ce papier, où ma main dépose l'expression naturelle, naïve, entière de ce
qui se passe en moi, et où mon souffle
sèche les larmes qu'y laisse tomber ma
paupière, sera pressé avec amour par

ta main, baigné de tes larmes aussi, et
placé sur ton cœur. Cette illusion de
l'amitié, mon ame en fait une réalité
consolante, et pour cette douce erreur
la religion me favorise et m'aide : à ton
départ nous fixâmes certaines heures,
auxquelles nous prierions l'une pour
l'autre, et dans la réalisation de cette
détermination pieuse, j'ai trouvé déjà
du calme, de la force, un conseil. Ainsi
toutes les fois que j'aurai prié pour toi,
comme je l'ai fait avant de prendre la
plume, assurée que tu auras prié pour
moi, toi-même, comme je le suis que
tu viens de le faire, de suite je repren-
drai la plume, et, s'écoulant sans réserve, elle épanchera mon cœur.

LETTRE II.

29 novembre.

L'aurais-tu supposé, et le croiras-tu, mon amie ? Quelle union m'est proposée ! Quel époux m'est offert ! Moi, si fortement attachée au culte protestant, régente si dévouée d'une école du dimanche pour les petites filles, observatrice, dit-on, minutieuse de toutes nos cérémonies sacrées ; moi, ton amie ; moi, la fille de la protestante la plus fidèle ; et pour tout dire, moi, l'élève de mon aïeul et parrain Abraham ; on veut que je sois mariée à un..... catholique (1).

_____

(1) Dans cet endroit comme dans la suite de cette cor_respondance, les mots de *catholique* et de *catholicisme* sont employés dans une acception étroite, dans l'acception vul-

Sainte religion de mes pères, pour laquelle ils ont tant souffert, que tant de foi a rendue fameuse, que tant de piété a fait chérir, que tant de grandeur a fait admirer, que tant de martyrs confessèrent, et que tant de sang cimenta;

gaire; et Chrétienne est trop pieuse, trop évangélique pour n'être point assurée que c'est elle qui est *catholique* dans le sens le seul vrai, le seul scripturaire, le seul divin, et que nul n'a plus qu'elle le droit de dire: *Je crois la sainte Église catholique* ou *universelle*, de laquelle *Christ est le chef, et qui est son corps* (Ephésiens, chap. i, v. 22), corps noble et sacré, dont les membres sont partout où il y a des croyans qui se réclament du nom de Jésus, comme du *seul qui ait été donné aux hommes par lequel il nous faille être sauvés* (Actes, chap. iv, v. 12). Voilà le catholicisme des protestans. Et c'est le plus grand miracle du christianisme, c'est la plus forte preuve de son origine céleste, c'est sa plus pure gloire, et cette gloire n'est qu'à lui, de toucher aux deux bouts du monde, de rompre toutes les barrières, d'aplanir toutes les aspérités, et de confondre tous les hommes, si différens entre eux de mœurs, de langage, de culte, en un seul et même corps, en un tout intime, en une majestueuse unité de foi, de devoirs, d'espérances.

(Note de l'éditeur de ces lettres.)

religion de ma mère au tombeau, et d'Abraham près d'y descendre, à quoi me propose-t-on de t'unir!!! Ah! prie pour moi, Évangéline, je n'ai pas la force de continuer.

LETTRE III.

30 novembre.

Depuis ton mariage, mon frère Théodore est arrivé de Paris où tu sais qu'il étudiait le droit avec zèle. Te rappelles-tu, mon amie, ce jour auquel il vint, à son passage à Montpellier, m'embrasser à la pension où nous étions toutes deux, et me dire adieu pour quatre ans? Te rappelles-tu ce jeune homme du même âge, à l'amitié duquel je recommandai Théodore en

1*

pleurant ? Te le rappelles-tu ce condisciple de mon frère, ce camarade d'enfance ? En un mot te souvient-il d'Auguste dont la maison touchait à la nôtre, et dont le père était l'ami de mon père ? Eh bien ! Voilà.... l'époux qui s'avance et que mon père accueille. Il avait dix-huit ans lorsqu'il partit avec Théodore. De retour ensemble, ensemble on les voit toujours, ensemble ils vivaient à Paris, et leurs cœurs inséparables aspirent à une plus intime étreinte. Théodore est Auguste, Auguste est Théodore. J'ai peu vu de liaisons pareilles. Auguste a dit à Théodore : Ta sœur m'est nécessaire. Théodore a dit à Auguste : Que ma sœur soit à toi. Et mon père a dit comme Théodore et Auguste. Tu le connais, ce vénéré père ; tu sais combien il m'aime, et avec quel regret il consentirait à un mariage qui m'enlèverait à son pays et

à son amour. Oh! il m'aime plus que
tout au monde, car il a éprouvé tout
ce qu'il y a dans mon cœur de respect, de tendresse, de dévouement pour
lui. Oh! il m'aime tant, mon père!
Car l'on dit que je ressemble à ma mère, et il la pleure comme au jour où
elle mourut. Son idée fixe, son idée de
prédilection, sa pensée nécessaire, c'est
de m'avoir à ses entours; c'est de m'entendre dire : «me voici», quand il m'appelle; c'est de recevoir mes caresses,
quand il est soucieux; mes soulagemens, quand il souffre; mes consolations, quand il est affligé; et mon
amour, toujours. Sa pensée nécessaire
est donc de me marier à un jeune homme dont le domicile soit notre domicile..... Que n'a-t-il ajouté! dont la foi
soit notre foi. Mais, ô malheur de ne
pouvoir tout admirer dans un père si
admirable! Il tient à un mariage assorti,

et un mariage assorti, c'est pour lui,
même éducation, même probité, même
fortune..... Mais uniformité de goûts,
de goûts religieux, pures et sublimes
sympathies, n'êtes-vous donc rien, n'ê-
tes-vous pas le plus noble assortiment,
n'êtes-vous pas tout? Ah! mille réflexions m'obsèdent..... Mon père ne
pourrait-il pas s'établir comme a fait
le tien, aux lieux où il m'établirait, et
ne jamais me quitter? Mais ton père
n'avait point de fils, et tu n'avais pas
de frère!! Eh! qu'est-il besoin que mon
père me marie auprès ou loin de lui?
Ne suffit-il point à ma félicité? N'est-
il pas tout pour moi, père, mère,
époux?.... Époux!.... Qu'est-ce qu'un
époux? Cette question est nouvelle,
cette question est profonde.... Elle m'é-
tonne et me trouble... Mais... un époux,
ce devrait être un autre moi-même.....
Ce devrait être moi.... Et il ne prierait

point comme je prie! Et il n'espèrerait
point comme j'espère! et il ne mour-
rait point comme je mourrais! et nous
aurions deux tombes!!!

●●●

LETTRE IV.

1ᵉʳ décembre.

Amie! Il vient de sortir. Et il ne m'a
rien dit, et je suis toute émue de son
silence, plus émue que du son de sa
voix! Avant ses ouvertures, il nous vi-
sitait très-souvent, et passait au milieu
de nous la plupart de ses soirées. L'a-
mitié qui l'unit à mon frère, les relations
affectueuses de nos deux familles, mes
rapports de religiosité avec sa sœur,
bien qu'elle soit fervente catholique,
tout cela expliquait à mes yeux la fré-

quence de ses visites, et je te déclare
que je ne leur supposais rien qui s'a-
dressât à moi. Aussi le voyais-je entrer
sans que mon visage se colorât, l'en-
tendais-je causer sans que ma part de
causerie perdît rien de son abandon,
de son laisser-aller, et le voyais-je sortir sans que mon cœur battît. Quelle
différence aujourd'hui! Il a été timide
et pensif..... Il voulait parler avec abon-
dance et gracieuseté, et son langage
était languissant et pâle.... Il faisait vai-
nement effort pour paraître ce qu'il est
tous les jours sans avoir l'air d'y songer. Théodore, pour le mettre en relief
et lui rendre tous ses avantages, lui
rappelait leurs études, leurs travaux,
leurs succès, leurs triomphes..... Auguste y paraissait insensible. Une seule
fois son cœur s'est enflammé, et sa parole a été vive, mais brève. Mon frère
allait raconter une belle action de son

ami, une action d'éclat, disait-il..... Par ce souvenir Auguste a été désattristé, mais non enorgueilli.— Arrête, s'est-il écrié, cette circonstance me rend heureux, mais ne m'illustre pas ; j'ai eu du bonheur et non de la gloire. Ai-je fait plus que mon devoir ? Et il est retombé dans son état embarrassé, taciturne et chagrin.... Toutefois il n'y avait là rien de morose. Peu après Théodore lui a rendu le service de lui proposer de le suivre. En se rendant à l'invitation, il m'a regardée. Et moi, que faisais-je pendant cette longue entrevue de quelques minutes ?.... Oh ! que de gêne j'éprouvais, et qu'il m'eût été pénible d'exprimer mes pensées ! Heureuse mille fois de mon role passif, et surtout de.... ma broderie !

A peine étaient-ils sortis que ma tante m'a prise à part. Elle était chargée de vaincre ce qu'elle a appelé mes répugnances, elle m'a dit : — Auguste a de l'esprit, des talens, de la grâce, du cœur; sa famille est honorée ; sa fortune est immense. Sa religion n'est pas la tienne ; mais contrarierait-il jamais la manifestation de tes croyances? Oh! non certainement. Il est né catholique, mais le voit-on aux cérémonies du catholicisme? Si dans le temple tu étais moins fervente, et si tes yeux regardaient moins la terre, souvent tu l'y aurais aperçu. Je puis de sa part t'en donner l'assurance, et Auguste n'est point faux : si vous aviez des enfans, vos enfans croiraient comme leur mère, vos enfans seraient comme toi. Encore un coup, Auguste est né catholique, mais son cœur est protestant, puisqu'il est à toi, son cœur. Ce sont là ses propres paroles. Celles-ci lui appartiennent encore : Peut-on aimer Chrétienne, sans aimer sa religion, et peut-il y avoir de

religion plus belle que la religion de
Chrétienne? Tu le vois, ma fille, Auguste t'aime bien. Peut-être tout à l'heure s'est-il fait tort dans ton esprit, et
nuisait-il à son amour par l'embarras
de son maintien et de son langage. Mais
tu es jeune, tu ne comprends point, on
est ainsi quand on aime, surtout quand
on n'est pas sûr d'être aimé, ou lorsqu'on craint le contraire. Auguste a
tremblé devant toi. N'est-ce pas une
assez grande victoire? Dis, méchante....

Ainsi parlait la sœur de mon père.
Surprise et choquée de ce ton, de ces
paroles, de ces conseils, j'ai balbutié
je ne sais quels mots sans suite..... J'ai
dit, je crois.... Je ne me rappelle pas ce
que j'ai dit. Que n'es-tu là, mon amie,
que n'es-tu là pour me conseiller! Irai-je
trouver notre bien-aimé pasteur? Il a
toute ma confiance, et j'ai toute son affection chrétienne. Sa digne épouse m'af-

fectionne, j'aime son jeune fils comme
un frère, et il est si compatissant, notre
pasteur!... Tu n'as point oublié avec
quelle chaleur, avec quel amour il di-
rigeait notre éducation religieuse, et
comme son cœur palpita quand il nous
reçut à la communion. Mais je n'oserais parler.... Et puis je connais ses sentimens sur des alliances semblables, et
il me répugne de le jeter dans une opposition — qui ne manquerait pas d'ê-
tre vive, et qu'il accepterait, j'en suis
sûre, tant il est religieux et franc —
avec ma famille, avec Auguste, avec
tout le monde. Oh! que n'es-tu là, mon
amie, que n'es-tu là pour me conseiller!!!...

•●○●○●○●○●○●○●○●○○○●○●○●○○○●○●○●○○○●○●○●○●○●○

LETTRE V.

2 décembre.

Quelles clartés inattendues ont jailli
pour moi des paroles de ma tante! Devais-je, pouvais-je, Évangéline, songer
à ceci : Si vous aviez des enfans! Cette
pensée n'avait point osé s'approcher de
mon cœur, il l'eût repoussée comme
une pensée coupable, il eût craint d'en
être taché. Si vous aviez des enfans!
O ma tante, qu'avez-vous dit? Quel trait
de lumière! Quel rayon formidable!
Nous pourrions donc avoir une fille! et
pour le saint baptême ma fille serait
portée dans une église, où les pas de
sa mère ne pénétrèrent jamais! Et la
pieuse cérémonie serait célébrée loin

de mes yeux, pleurant non d'attendrissement maternel, mais de regret et de
tristesse ! Et quand ma fille commen-
cerait à bégayer, elle bégaierait des
mots religieux, que ma bouche ne saurait pas prononcer, que ma langue ne
connaîtrait pas ! Et quand au jour du
Seigneur, je l'aurais parée de sa première robe blanche, et que ses pieds
pourraient la conduire pour la première fois dans la maison de Dieu, sa main
ne demanderait pas à ma main de s'ad-
joindre pour aller au temple où je vais !
Et quand ensuite l'heure de l'âge res-
ponsable serait près de sonner, et
qu'elle deviendrait catéchumène, elle
irait s'entendre répéter à chaque instruction la damnation de sa mère ! Et
après quand sa communion première
arriverait, ce spectacle, le plus suave
dont une mère puisse être témoin, me
serait ravi ! Et encore, et enfin quand....

Mais c'est déjà trop, mais c'est déses-
pérant. Ainsi transformée me serait-elle
fille, et lui serais-je mère? Qu'avez-vous
dit, ô ma tante?

LETTRE VI.

3 décembre.

*Il est né catholique, mais son cœur est
protestant.* Sœur de mon père! Il est
deux protestantismes : l'un négatif qui
consiste à ne pas croire ce qu'enseigne
Rome; l'autre positif qui consiste à
croire ce qu'enseigne l'Évangile. Et bien
des protestans — trop faciles à délivrer
des brevets de protestantisme — vous
disent : Il est protestant, de tel catholique, uniquement parce qu'il ne va pas
à confesse. *Nos enfans croiraient comme*

leur mère, nos enfans seraient comme moi. Généreux Auguste, vous le pensez ainsi. Vous ne faites point une promesse menteuse; mais ne vous trompez-vous pas le premier?... Ne présumez-vous pas trop, sinon de vos sentimens en faveur de ma foi, du moins de votre énergie à les exprimer, à les faire prévaloir, en dépit d'une famille beaucoup moins disposée, beaucoup moins prévenue que vous, d'une sœur principalement dont la dévotion catholique a du renom? Serez-vous toujours ainsi disposé, ainsi prévenu vous-même, et le respect humain se joignant à des obsessions domestiques, nécessairement puissantes, ne vous empêcherait-il pas de vous tenir, de me tenir parole? Mais encore cela ne me suffirait point. Il me faudrait, il me faut un époux qui partage mes convictions chrétiennes. Il me serait cher, lui, plus que mes enfans, plus

que moi, et j'aurais besoin d'être per-
suadée qu'il serait sauvé de la même
manière que moi, et avec moi. Ainsi
j'éprouverais sûrement d'invincibles répugnances pour un protestant non
croyant..... Et cependant entre vous et
lui, il y aurait un monde. Il me laisse-
rait faire par le même principe de respect humain qui vous porterait à ne pas
vouloir que je fisse. Mérité-je donc,
Auguste, le plus léger sacrifice de votre
part? A moins que vous n'ayez mes
croyances, et cela non par rapport à
moi, mais par rapport à elles, mais
par rapport à votre ame, dois-je per-
mettre que vous leur immoliez celles
de vos honorables parens, si ce n'est
les vôtres, soit pour vos enfans, soit
pour vous? Pas plus que vos parens,
Chrétienne n'y consentirait.

●●

LETTRE VII.

4 décembre.

Il a tremblé devant moi, parce qu'il m'aime. Je l'aimerais donc aussi, et je l'aimerais beaucoup, car j'ai tremblé beaucoup. Et cependant je ne dois pas l'aimer, je ne veux pas l'aimer, je ne l'aime point. Sans doute son noble caractère, ses mœurs douces et pures, son extérieur gracieux, son maintien plein de dignité, son instruction variée, son parler vertueux, son attachement à mon frère, et par-dessus tout le désir de me conformer aux désirs paternels, toutes ces considérations réunies me le feraient aimer, s'il n'était pas catholique, car alors je le devrais aimer, et

je voudrais l'aimer peut-être, tandis
que je ne l'aimerai jamais. Auguste,
que n'êtes-vous protestant !!...

LETTRE VIII.

5 décembre.

Encore une fois, Évangéline, que
n'es-tu là pour me conseiller! De toutes parts on me presse. Ma tante me
poursuit et m'assiége dans tous les sens.
Elle colore mes jours, unis à ceux
d'Auguste, du plus brillant éclat ; elle
me les montre paisibles et radieux ;
elle réveille en moi une foule de pensées et de sentimens, dont je n'avais
pas le pressentiment et dont le vague
m'attriste et me fait rêver. Mon frère

m'exalte les mérites de son ami, dont il me dépeint le désespoir, comme si notre civilisation toujours plus raffinée conseillait le désespoir à l'amour qui n'est point partagé. Mon père m'environne de ses instances et même de ses prières. Un père qui prie! Oh! quelle douleur de ne pouvoir l'exaucer, quand il me dit : C'est toi qui exauces!! Il n'est pas de malheur aussi grand pour une fille aimante et respectueuse, Dieu sait jusqu'à quel point! et il faut que j'oppose ma volonté à la volonté de mon père! La volonté de mon père! Mais il n'a pas prononcé : Je veux. Il a soupiré : je désire. Et voilà ce qui me tue. S'il ordonnait; peut-être trouverais-je quelque fierté au fond de ma conscience protestante, et oserais-je m'écrier : *Il vaut mieux obéir à Dieu qu'aux hommes.* Mais quand mon père est suppliant, et presque à genoux, ô religion de ma mère! que j'ai besoin de vous, et que vous avez besoin d'être forte!! Pourrai-je devenir plus à plaindre? Tous sont contre moi, tous sont pour lui, et je n'ai plus ma mère! et mon amie voyage bien loin. Ouvrirai-je mon cœur à ma tante? je ne puis. J'ai dix-huit ans, elle en a cinquante; comment oser lui tout dire? quelle intimité est possible entre nous? quelle fusion de nos ames est réalisable? sent-elle comme je sens? saurait-elle lire en mon cœur? Il faut pour cela les yeux d'une amie qui ait mon âge, il faut tes yeux, Évangéline; et si l'âge est différent, il faut l'œil d'une mère. D'ailleurs ma tante marche contre moi plus avant que personne, elle est protestante sincère, mais froide et peu religieuse. Elle le proclame et s'en fait gloire en quelque sorte, quand elle dit : — J'aime ma religion et je mourrai dans son sein,

parce que j'y suis née, je mourrais
même pour elle. Mais toutes les reli-
gions sont bonnes, pourvu que l'on
soit intègre, car toutes engagent à
l'être, et chacun doit vivre et mourir
dans la sienne. — Voilà ses opinions,
voilà son langage. Au lieu que mes opinions, à moi, sont de chérir ma religion, parce qu'elle me fait du bien,
parce que j'en ai besoin, et non parce
que la naissance me l'a donnée, au lieu
que mon langage, à moi, sera toujours :
vivre protestante comme ma mère,
mourir protestante comme ma mère,
parce que telle est la vérité, parce que
telle est la route du ciel. Avec ces dif-
férences, comment nous entendrions-
nous, la sœur de mon père et moi? Je
la respecte et l'affectionne vivement,
car mon père est son frère, car elle
tient fortement à tout ce qui me regarde, car elle est digne de respect et

d'affection, par ses qualités d'esprit et
de cœur. Quant à désemplir mon ame
dans la sienne, quant à me fondre en
elle, j'ai beau le vouloir, j'ai beau l'es-
sayer, Évangéline, je ne le puis. Cependant, que j'ai urgence de conseil et
d'appui dans mes perplexités! L'heure
convenue entre nous pour notre commune prière est passée..... N'importe.
Nous nous sommes fixé des heures, simplement afin d'avoir l'assurance récipro-
que que nous prions en même temps,
et non pour nous donner le droit de ne
plus prier le reste du jour, et nos ames
exhalent une incessante prière, elles
invoquent surtout alors que nos cons-
ciences et nos besoins les y convient.
Mes besoins et ma conscience maintenant le réclament, eh bien! je vais consulter quelqu'un, je vais tout dire à
quelqu'un. Il s'appelle le *conseiller*, *l'admirable*, et son apôtre Jacques m'encou-

rage si puissamment dans ce passage
sublime dont tout-à-coup mon esprit est
frappé : « Si un de vous manque de sagesse, qu'il en demande à Dieu qui en
donne à tous libéralement, sans reproche, et il lui en sera donné. Mais qu'il
demande avec foi, sans hésiter, car celui qui hésite est semblable au flot de la
mer qui est agité et poussé çà et là par le
vent. » — Je n'hésite point, ô mon Dieu,
et d'un cœur prompt je t'implore. Ré-
pands ta lumière sur le chemin de mes
pas, afin qu'ils arrivent fermes et sûrs,
au but que ton doigt leur désigne. Mets
en moi ce qu'il me faut de jugement,
de prudence et de force. Que ta loi soit
ma règle, et l'amour de ton Christ mon
espoir et ma vie. Je n'hésite point, ô
mon Dieu, et, en vue des flots de la
mer, agités, poussés çà et là par le vent,
et prêts à m'engloutir, je suis tranquille et confiante en toi, ô Éternel,

mon rocher et mon Rédempteur ! —
Après cette prière, la plus courte et la
plus profondément sentie que j'aie jamais faite, je suis plus calme, j'espère
mieux de mon avenir, et fermant pour
le sommeil la paupière en pensant au
Seigneur, je le supplie de remplir lui
seul tous mes rêves, et de faire qu'en la
rouvrant demain, je sois encore remplie de ses biens, de son amour, et de
sa force.

LETTRE IX.

6 décembre.

Sommeil bienfaisant et réparateur !
merci. Merci de tes douceurs dont cette
neuvième nuit n'a pas été comme ses
huit sœurs dépourvue. Merci de ce

songe qui me riait avec pureté, qui me berçait avec amour! Et toi, Seigneur, béni sois-tu pour ce sommeil succulent et doux, un de tes dons! Pour ce songe riant et pur, un de tes messagers!.... J'étais sous un autre ciel, ma poitrine respirait un autre air, mes oreilles entendaient d'autres sons; d'autres sentimens faisaient battre mon cœur; mon cœur battait de joie sainte et de pieuse tristesse sous une main respectée. Mon ame s'animait et vivait d'une ame presque glorifiée, et habitant par anticipation le ciel, quoique encore sur la terre; celle du vénérable et centenaire Abraham, mon parrain et mon aïeul.... le père de ma mère. Nous chantions des psaumes, nous lisions la parole de Dieu, nous parlions du Sauveur et de ma mère qui est avec le Sauveur, et nous semblions être avec elle, et nous l'aimions plus pieusement, et nous la regrettions avec plus d'espérance en Christ, et nous pleurions. Tout-à-coup mon père s'est trouvé là pour pleurer avec nous. Oh! que de saveur dans nos larmes! que de d'ardeur véhémente dans nos regrets! que de deuil dans nos voix si pleinement sympathiques, si tristement éloquentes! Mais aussi que de puissance dans nos espoirs! De nos trois poitrines soulevées, confondues, sortait un large et seul soupir. Nous n'étions qu'un pour une douleur préférable à tout ce qu'on nomme plaisir ici-bas. A tant de délectation divine j'ai succombé, car j'ai été subitement réveillée, et.... je me suis aperçue que j'avais beaucoup pleuré. Rêve saint et délicieux que n'avez-vous duré toujours.

LETTRE X.

7 décembre.

Il aura deux résultats, mon rêve :
j'en savoure encore le premier, celui
de l'heureuse impression qu'il m'a fait
sentir. Le second, je l'espère et j'en
goûte déjà les prémices. Bénis avec moi
le Seigneur, ô ma meilleure amie, et
prie que cette aurore soit suivie de
nombreux soleils sans nuages. Dis-moi :
n'est-ce pas une dispensation toute par-
ticulière de la providence que le songe
que j'ai songé? D'après le cours ordinaire des choses, les objets et les sensations de mes jours agités devaient se re-
tracer mobiles et confus durant mes
nuits réparatrices ou fatigantes. Le

ciel ne l'a point voulu, et mon premier
sommeil récréateur m'a donné un songe
de bonheur et de vertu. Dans le songe,
même un avertissement, même un ordre : visiter le père de ma mère, m'a-
bandonner à son expérience pieuse, lui
confier la direction de mes sentimens,
m'éclairer de ses lumières, me fortifier
de sa force, implorer en un mot de sa
sollicitude patriarcale le plein exercice de ses droits de parrain, que la ra-
tification du vœu de mon baptême n'a
point abolis à mes yeux. Tu seras pour
moi, saint vieillard, et la lutte devien-
dra moins inégale, et tu me feras vaincre. Mon père t'honore et t'aime. Sa
compagne était ta fille ! mon père sera
peut-être touché aux accens solennels
de ta voix demi-céleste; peut-être l'écou-
tera-t-il comme une voix de là-haut,
comme la voix de sa femme. Ouvre-moi
ton sein, glorieux vieillard je m'y

sauve comme dans l'asile de la piété,
comme dans le sanctuaire de l'Éternel,
comme dans le sein de mon Dieu.

J'ai raconté mon songe à mon père.
Mon récit l'a vivement attendri. Et
quand j'ai manifesté le désir de répondre à l'appel du Seigneur, de suivre
l'avis du ciel, et d'aller consulter Abraham, il ne s'est point opposé, il ne m'a
point parlé d'Auguste, oppressé qu'il
était par l'impression de mon rêve. —
Fais tes dispositions de départ, a-t-il dit,
je suis prêt, quant à moi; car j'ai besoin
aussi de presser dans mes bras *son* père.
— Un regard vers le ciel remplace sur
ses lèvres le nom chéri, et nous avons
pleuré, et mon père ajoute avec le
même regard : — Je vais écrire à *son*
père.

LETTRE XI.

8 décembre.

Que mon père écrive. Je ne crains point que sa lettre fasse faiblir mon vieux parrain. Tu le connais, amie ; tu l'as vu souvent à *...., qui est le lieu de sa naissance et de son domicile, jusqu'à sa vingtième année, époque à laquelle il le quitta pour aller se marier et demeurer à **...., d'où il se rendait au moins une fois l'année dans sa ville natale que ne lui a point fait oublier sa ville adoptive. Tu l'as donc souvent vu. Souvent tu as entendu sa parole sévère ; son accent énergiquement protestant ; son langage emprunté au style biblique, et de préférence au livre des *proverbes* et des *prophètes*, quoique vif, brillant, et l'on dirait rajeuni lorsqu'il se mêle aux questions actuelles qu'il domine et qu'il juge; ses manifestations de profonde sympathie pour nos ministres du désert, les Court, les Pierre Encontre, les Paul Rabaut, dont il a si bien connu le dévouement multiple, et partagé le travail colossal; enfin ses palpitans récits de nos longs malheurs...... Homme d'autrefois, il aimait à mettre en scène les hommes d'autrefois, et nous les admirions ces hommes de marque, et leur figure grandiose nous frappait, et leur foi miraculeuse nous semblait plus que du génie, et leur zèle infatigable nous paraissait surnaturel, et leur mépris des gibets et des roues à nos yeux les égalait aux apôtres. Et aussitôt que le saint conteur avait fini, nous soupirions, nous rêvions, nous étions fières d'être protestantes, nous faisions le serment de l'être avec honneur, et après la veillée, et durant la nuit, dans notre couche commune, nous repassions toutes ces choses dans nos esprits, nous les serrions dans nos cœurs, et le lendemain — le matin, à midi, le soir, sans cesse — nous reparlions de l'entretien du jour précédent.

Je ne crains donc point que le vigoureux Abraham faiblisse, et je suis assurée qu'il plaidera vaillamment ma cause, c'est sa cause à lui, encore plus qu'à moi. Le saint vieillard n'y sera point traître et ne la perdra point. Je serai dans mon élément avec lui, je respirerai une atmosphère de foi, telle que mon cœur l'invoque, telle que ma poitrine en a besoin. Au lieu d'être contrariés, mes penchans seront donc secondés; au lieu d'être enrayées, mes tendances seront facilitées; au lieu d'être contredits, mes goûts seront favorisés. Il pensera comme j'aime que l'on pense; il parlera comme j'aime que l'on parle; il agira comme j'aime que l'on agisse. Encore deux jours avant le départ! jours lents et de mortel ennui! ensuite un voyage de douze heures, et nous arriverons, sous la garde de Dieu, au centre du département, chez le patriarche bien-aimé qui est incessamment entouré de respect et nourri d'amour par son fils aîné, et les enfans des enfans de ce fils.

LETTRE XII.

**.... (Hérault), 11 décembre.

Nous sommes à son foyer. D'où vient que je ne pétille pas d'aise et de bonheur? d'où vient que je me sens triste? d'où vient que je suis rêveuse? oh! mon

amie, je m'accuse de cette étrange tristesse, je m'en veux de n'être pas absor-
bée par la joie de serrer mon aïeul dans
mes bras caressans; je m'en veux.... de
quoi encore? je ne sais, mais je ne suis
pas ce que j'espérais, ce que je devrais
être, je ne suis pas contente de moi. Voyage, qui me promettiez tant, quel fruit
avez-vous porté? campagnes si belles,
si allongées, si larges, si richement pa-
rées, qu'est devenue votre puissance
pour un regard religieux? prairies si
élégamment émaillées, quel souffle a
flétri vos attraits, et emporté le parfum
de vos marguerites et de vos violettes?
vaste horizon, ciel immense, n'avez-
vous rien à me dire de la grandeur in-
commensurable de Jéhovah? séjour si
pieusement enchanteur de la maison
patriarcale, où sont vos charmes célestes? saint vieillard, où est la magie
de ton front, de tes yeux, de ta voix?....

Et toi, souvenir de ma mère, n'as-tu
du pouvoir, n'est-tu réel que dans mes
songes?.... Je croyais, ma chère Évangéline, qu'ici tout serait heureux et
nouveau pour mon cœur. Ah! tout est
nouveau, bien nouveau. Suis-je encore
moi? suis-je encore Chrétienne?

Avant-hier soir nous partions pour
ces lieux, et ce départ tant invoqué
m'attristait. J'étais surprise de n'être
point joyeuse. Ma tête appesantie se
penchait sur le sein de mon père. Il
était nuit et la diligence volait. Mille
idées, mille images embrouillées, se
présentaient à moi. A tout moment mes
yeux se fermaient, se rouvraient et se
refermaient. C'était des sommes et des
veilles de quelques secondes. Mes veilles étaient aussi troublées que mes
sommes, et mes sommes aussi lassans
que mes veilles. Je croyais voir des cavaliers au vitrage de la portière, je re-

gardais attentivement, je croyais voir
encore; je regardais plus attentivement,
je ne voyais plus rien. C'était la seconde
du sommeil, quand je croyais voir; la
seconde de la veille quand je ne voyais
point. Dans ces alternatives, dans ces
secousses s'est traînée la longue nuit du
9 au 10 décembre, et hier un peu après
midi nous étions dans les bras d'Abraham. Comme notre arrivée a été douce
au bon vieillard!.... comme son cœur
s'est épanoui! comme son ame s'est di-
latée! Il a semblé rajeuni en se pendant
à nos cous. Tu sens que j'ai été émue
au milieu de tant d'émotions. Devant
ce délicieux tableau de famille, à cet
aspect d'un si beau vieillard pleurant
de regret en nous parlant de sa fille,
pleurant de joie en nous pressant sur
sa poitrine, est-il marbre qui ne se
fût brisé? est-il œil si sec qui ne fût
devenu ruisseau abondant? Alors j'ai

été contente de moi, alors j'ai été
comme je devais être. Un seul objet
fixait mes regards, mon aïeul vénéré;
un seul soin m'absorbait, mon aïeul
vénéré. J'étais jouissante, j'étais heureuse. Après un léger repas mon père
m'engage au repos et..... de suite, je
me retrouve comme au départ; pendant
la nuit, comme en voiture, et le lendemain, c'est-à-dire aujourd'hui, toujours
la même. O ma fidèle amie ! je ne me
comprends plus, je ne me reconnais
plus.... ayez pitié de moi, Dieu de miséricorde, et apprenez-moi qui je suis.

LETTRE XIII.

12 décembre.

Ton étonnement, Évangéline, éga-
lera le mien : ce matin à mon lever une
lettre m'est communiquée. C'est la sœur
d'Auguste, Mélanie, si catholiquement
pieuse, qui écrit à mon parrain, à ce
protestant de la vieille roche. Elle fait
une profession énergique de ses croyances romaines, sans aucun égard pour
les nôtres, et, tout en exaltant ce
qu'elle appelle notre probité rigoureuse,
notre droiture héréditaire, elle s'afflige
et serait désespérée de l'alliance que
son frère veut contracter, et dont il
leur a soigneusement caché le projet,
qu'ils n'ont connu qu'à l'occasion de

mon départ, attendu que j'aurais été
escortée pendant la nuit, par son frère
et le mien. Elle ajoute que ses parens
n'y donneraient les mains qu'avec répugnance, non par rapport à notre caractère qu'ils honorent, mais à notre religion que leur devoir est de condamner;
et qu'elle en particulier ne pourrait
nommer sa sœur, une épouse de son
frère, née et vivant hors de l'Église....—
Je n'ose, dit-elle en terminant, exprimer le désir qu'elle y entre, afin d'entrer dans notre famille. Ce serait trop
de bonheur pour moi. Mais, ô vertueux
vieillard, — dont je déplore la damnation éternelle, qui êtes, vous et votre
petite-fille, si dignes de devenir catholiques, et à qui j'ai si souvent répété :
C'est dommage que vous soyez protestans! — O vertueux vieillard, empêchez
aussi de votre part l'union projetée.
Votre opiniâtreté hérétique me le fait

espérer, et pour la prémière fois me cause de la joie. Chrétienne, est d'ailleurs, dit-on, peu disposée. Mais dans tous les cas guérissez-la, nous guérirons Auguste. —

Voilà ce que nous mande l'intolérante Mélanie. Guérissez-la! — Suis-je donc malade? Elle ne pourrait m'appeler sa sœur! — Qui donc a désiré ce titre? Il escortait la diligence! Je ne rêvais donc pas; j'avais bien vu; c'étaient deux cavaliers au vitrage de la portière; c'était mon frère, c'était lui. Cette nuit était froide, était rude, était pluvieuse, cette nuit était bien mauvaise! Il escortait la diligence, il m'aime donc beaucoup! et elle dit : Nous le guérirons! en est-elle bien assurée?.... Mais il leur a caché son dessein.... n'oserait-il l'avouer? appréhende-t-il leur fanatique colère? est-il assez faible pour ne la point braver?... Que dis-je? Qu'est-ce qui se passe en mon

ame? Quels désirs formé-je? Ayez pitié
de moi, Dieu de miséricorde, et apprenez-moi qui je suis. Ah ! je n'ai plus besoin de l'apprendre. Ce que je suis, je
le sais, et j'en ai le visage tout rouge de
honte, j'en ai l'ame toute brisée de remords. J'accourais m'abriter sous l'aile
d'Abraham, implorer son concours à
me sauver des miens, et c'est de moi-
même, c'est de moi seule qu'il faut que
je sois sauvée. Et je ne vole point lui
crier : Saint vieillard, sauvez-moi, je
péris! et je désire faiblement qu'il me
sauve! Pardonne, ô mon Dieu! Mais
non, tu ne peux pardonner, je t'ai dé-
trôné dans mon cœur.

LETTRE XIV.

13 décembre.

Nous venons de lire en famille la lettre de Mélanie. Mon père l'a fortement
improuvée, a déclaré que son ami, le
père d'Auguste, y était sans nul doute
étranger, et en jugerait comme lui;
qu'au surplus Mélanie n'avait dans sa
maison pas plus d'influence que n'en
méritait son pauvre jugement, auquel
une dévotion exagérée et mal entendue
avait fait subir une atteinte cruelle, et
que le mariage qu'il avait, lui, tant à
cœur, n'était pas moins souhaité par le
père d'Auguste. — Heureux, a-t-il
ajouté, en s'adressant au vieillard, si

3

mon vénéré père entre dans nos sentimens, accorde comme nous Chrétienne
aux vœux d'un jeune homme, qu'il juge
comme nous assurément, digne du plus
touchant intérêt soit par lui, soit par
les siens, et s'il use d'un ascendant toujours respecté pour vaincre des répugnances bien peu fondées..... — Mon
père fixe aussitôt un regard sur moi....
Ce regard redouble mes remords et ma
honte. Et, pour m'en accabler : — Gloire
à toi, s'écrie Abraham, pieuse fille de
Sion, de repousser l'enfant de Babylon-
ne, et gloire la plus belle de toutes, car
« celui qui est maître de son cœur, vaut
mieux que celui qui prend des villes. » —
Et vous, mon fils, dans le temps que
la vierge faible et timide résiste si légiti-
mement et avec tant de noblesse, vous
m'incitez à vous prêter mon appui,
pour associer Christ avec Bélial ! L'avez-
vous espéré ? Est-ce ainsi que je viole-

rais mes engagemens de parrain! Est-ce ainsi que je démentirais les leçons que j'ai données en cette qualité, *avec autorité*, à Chrétienne! Est-ce ainsi que je renierais ma vie! Lorsque je vous accordai ma fille, et que je lui fis pour la séparation mon baiser d'adieu, croyez-vous que je n'eusse pas mille fois aimé mieux la marier à mes côtés ? Au moins je l'aurais vue mourir ! Bientôt je vais la rejoindre..... Que lui dirai-je là-haut ? Que son époux, que son fils, que sa fille..... Mais Chrétienne est pure de ce pacte odieux avec le Cananéen, Chrétienne est digne de nous. Je n'attendais pas moins des principes que je lui ai inculqués, et du souvenir de sa mère. Mon enfant ! « je t'ai enseigné le chemin de la sagesse, et je t'ai fait marcher par les sentiers de la droiture. Tant que tu y marcheras, ta démarche ne sera point serrée, et si tu cours, tu ne bron-

cheras point. Garde ton cœur plus que
tout ce qu'on garde. » Et le vieillard
s'est tû. Mon père, ému par un nom
souvent prononcé, n'a point rompu le
silence. Vite, j'ai gagné ma chambre,
indignée contre moi, déchirée par ces
éloges beaucoup plus que par le plus
déchirant reproche. Oh ! qu'elle est af-
freuse, qu'elle est flétrissante une estime
non méritée !! Dans aucune position je
n'ai tant souffert. La mort même de
ma mère m'a été moins horrible.

LETTRE XV.

14 décembre.

Mon père sort de ma chambre que je n'avais pas encore quittée d'aujourd'hui. Il m'a remis une lettre de mon frère, à moi adressée, et incluse dans celle qu'il vient d'en recevoir lui-même. — Je te laisse à cette lecture et à tes réflexions, a-t-il dit en soupirant, et je redescends pour présenter mes devoirs du matin au bon vieillard, notre père. —

C'est mon frère qui m'écrit, et le cœur me manque, et ma main tremble en rompant le cachet. Que veut dire je ne sais quel pressentiment, et d'où vient que je frémis ?.... Lisons : — Ce

n'était pas assez, ma sœur, de ton opposition que je ne puis comprendre, il
a fallu que Mélanie se posât contre nous,
et réclamât celle de notre aïeul. La
pauvre fille ! parce qu'Auguste ne lui a
pas fait confidence de ses projets, elle
croit qu'il n'ose les faire connaître, et
que, bien qu'il parle d'exécuter, il fail-
lira à l'œuvre. La bonne fille ! comme
si nous ne connaissions pas l'étroitesse
de son cerveau, que la superstition
n'avait pas besoin de rétrécir davantage !! A la nouvelle de sa démarche
inqualifiable que j'ai apprise par mon
père, Auguste s'en est expliqué avec sa
sœur, de telle sorte qu'elle aura moins de
répugnance à t'appeler elle-même sa
sœur, si jamais tu veux l'être. Et pourquoi ne le voudrais-tu point ? Ma tante
le verrait avec joie, mon père avec
bonheur, et moi avec transport. Abraham seul marche à part avec toi. Que

reprochez-vous à Auguste ? Qu'as-tu à
reprendre en mon ami ? Beauté du
corps, élévation de l'intelligence, subli-
mité du cœur, il a tout, et sans orgueil;
sans s'en douter avant qu'on le lui eût
dit. Tiens, ma sœur, toi seule le vaux,
et seul il est digne d'être ton époux. Il
n'est pas protestant ! Mais une tête
comme la tienne doit-elle là trouver un
obstacle ? Dans les temps de luttes religieuses, à la bonne heure ; mais aujour-
d'hui que toutes les opinions diverses
tendent à se fondre dans une vaste syn-
thèse, que le siècle est en course dans
la route du progrès, sur laquelle on ne
trouvera bientôt plus les noms des sectes, mais un christianisme progressif,
comme la marche ascendante de l'esprit
humain, et qui ira se transformant avec
les phases humanitaires, aujourd'hui,
je te le dis franchement, il y a de ta
part petitesse à opposer qu'Auguste est

catholique. Et puis le catholicisme est-
ce du paganisme, de l'islamisme? N'est-
ce pas une communion chrétienne?
Reviens à toi, ma sœur, et songe qu'il
ne t'est point permis de raisonner
comme Mélanie. Au surplus Auguste a
de l'honneur, il est esclave de sa parole
et de son devoir; l'on se connaît aux
écoles. Or je te suis garant que tout ce
qu'il a promis, il le tiendrait à la grande
satisfaction de son père, et sans que
Mélanie abaissât une seconde fois sa
catholique inflexibilité devant le puritain Abraham. Que je serais heureux et
fier de votre union! Oh Chrétienne!
si tu savais son amour! si tu connaissais
la preuve qu'il t'en a donnée la nuit de
ton départ, et qu'il me défend de te
dire! si tu savais comme il t'aime!!!....
*C'est que tu mérites tant d'être aimée,
c'est que tu es si belle, si gracieuse, si
suave! C'est que tes traits sont si nobles!*

ton langage si doux! tes yeux si tendres! ton front si majestueux! ton sourire si enchanteur! ton esprit si distingué! ton cœur si pur! ton ame si douce! ton pied, ta main, tes cheveux, ta robe, ton voile, tout ton être si séduisant! Quand on aime un tout si lumineux, si magique, on l'aime avec excès, avec crainte, avec désespoir d'être autant aimé, car l'on se dit qu'un tout si magnifique, si éblouissant, n'appartient qu'à un ange, et plus que jamais on s'aperçoit que l'on n'est qu'un mortel. Avenir, que j'invoque avec tremblement, embellis ton lointain des couleurs de l'espérance, et, s'il en est besoin, des illusions de l'amour!!! Qu'ai-je lu? Ces dernières paroles me brûlent! Quels sont ces caractères? Ce n'est plus la main de Théodore qui les a tracés. Serait-ce la vôtre, Auguste? Théodore, m'aurais-tu trompée?.... Où commencent ces dernières paroles?.... C'est que

3*

tu mérites tant d'être aimée, c'est que.....
Oh mon frère ! qu'avez-vous fait ? Ce
sont bien ces lignes qui sont magiques,
et que sans le vouloir, on relit, on re-
tient. Rien ne fait du mal comme elles !
Rien n'incendie, rien ne ravage, rien ne
bouleverse comme elles ! Elles ont
achevé ma perte, elles ont consommé
mon malheur. Un œil de fille ne doit
pas lire un mot, un seul mot écrit par
la main d'un amant. Au premier c'en
est fait d'elle, elle est perdue, je suis
perdue..... O Abraham, ô ma mère !....
à quelle résolution me livrer ? Me jeter aux pieds de mon parrain, lui
tout confesser, lui tout remettre et
m'abandonner à sa merci !..... Mais
c'est dans les bras de mon amant que
je brûle de me jeter et c'est à sa merci
que je reste. Voici l'heure du sommeil.
Du sommeil ! il n'en est plus pour ma
paupière ruisselante. Rien que la tuante

insomnie. Il ne revient plus le songe saint et délicieux, et s'il revenait avec le sommeil, ce serait un envoyé de Satan, ce serait une dérision de l'enfer..... Mais il ne revient plus, et ce sont d'autres tableaux, d'autres sentimens, une autre image dans mes rêves..... O ma mère ! hélas ! je ne sais plus lui parler. O mon Dieu ! hélas ! je ne sais plus que lui dire. Une seule pensée dans mon esprit, un seul sentiment dans mon cœur, un seul nom sur mes lèvres. Ainsi, pour dernier malheur, j'ai perdu le don de la prière, ce don par lequel on adoucit la perte de tous les autres. je t'avais abandonné, Dieu jaloux ! et tu m'as abandonnée !

❦❦❦❦❦❦❦❦❦❦❦❦❦❦❦❦❦❦❦❦❦❦❦❦❦❦❦❦❦❦❦❦

LETTRE XVI.

15 décembre.

A défaut de sommeil, repos de l'ame
autant que du corps, une déchirure toujours plus large dans mon cœur, et par
contre-coup une tension torturante de
mon ame sur une réflexion qui absorbe
toute la nuit, réflexion plus sombre que
la nuit elle-même..... C'est l'accablante
surprise d'Abraham, qui avant-hier me
châtiait de ses éloges. Que diras-tu, trop
malheureux vieillard? Était-ce à moi,
ton enfant chéri, ta plus douce joie, ta
plus pure couronne, ton plus consolant
espoir, était-ce à moi de te faire descendre avec douleur au tombeau? Voilà,
Évangéline, l'image qui m'a poursuivie

toute la nuit, voilà la réflexion impitoyable de toute la nuit. Cette image,
effrayant fantôme, était là devant mes
yeux ; cette réflexion, insatiable vam-
pire, était là sur mon cœur. « Le feu
qui ne s'éteint point, le ver qui ne meurt
point, les pleurs et les grincemens de
dents des enfers, les ténèbres de dehors;»
est-ce autre chose que cette nuit unique, ma nuit à moi? Et ces dernières
paroles, et ces signes magiques, et ces
caractères que n'a point tracés la main
de Théodore..... Je les lis, je les regarde,
je les dévore ; et toujours je les vois, je
les savoure, sans les lire ni les regarder.
Comme mon cœur se soulève sous ce
papier consumant! Aurais-je la force de
le brûler? Ma main tremblerait beaucoup plus que pour allumer un incendie que les lois humaines punissent de
mort !! Aurais-je la vertu de le remettre
au saint vieillard?.... Mais il me faudrait

voiler le visage où serait assise la honte de l'avoir gardé , et à côté d'elle le regret de le rendre , et je le tuerais, le saint vieillard !.... Une réflexion, réflexion d'inspiration , réflexion subite: Je lisais l'autre jour le chapitre vii de la première Épître de saint Paul aux Corinthiens..... L'entière teneur de ce chapitre me frappa , et quelques versets davantage, relisons: (𝄬. 13) « Si quelque femme a un mari qui ne soit point du nombre des fidèles , et qu'il consente à demeurer avec elle, qu'elle ne le quitte point..... (𝄬. 14) Car le mari infidèle peut être sanctifié par la femme fidèle..... Et que sais-tu, femme, si tu ne sauveras point ton mari? » Quoi! je pourrais le sauver! Je pourrais lui faire partager toutes mes espérances en Christ! Je pourrais être dans les mains de Dieu un instrument de bénédiction pour le meilleur ami de mon cœur ! Qu'elle se-

rait belle et douce mon œuvre ! Comme
j'y appliquerais toute la puissance de
ma volonté, toutes les secondes de mes
heures, toute la ferveur de mes prières,
tout le dévouement de mon ame ! Oui,
je le sauverais. Conversion sublime !
L'apôtre vous fait pressentir à mon cœur,
et mon cœur répond de vous.

Je vais m'en ouvrir à Abraham, et lui
dévoiler tout l'intérieur de mon ame,
car l'enseignement de saint Paul la sou-
lage d'une partie de ses remords, et en
quelque sorte a d'avance légitimé mon
amour..... Malheureuse ! Qu'as-tu prononcé ? C'est mon amour qui me séduit,
qui me trompe, qui fausse mon jugement, et qui, par le plus adroit de ses
piéges, se colore de foi, de sacrifice et
se transforme en vertu. Dégénérée et
atteinte de vertige et d'erreur, il me
sied bien d'expliquer la sainte parole,
pour la dénaturer, de faire application

à mes circonstances coupables d'un mariage païen, au sein duquel l'époux ou l'épouse embrassaient le christianisme, et de changer l'apôtre austère en lâche apologiste de la lâcheté de mon cœur. Pourquoi ne pas dire comme Théodore que le catholicisme n'est ni du paganisme, ni de l'islamisme, mais une communion chrétienne? Pourquoi même ne pas me faire catholique, comme Mélanie me l'insinue?.... Ainsi faute sur faute, chûte sur chûte, abîme sous abîme. D'abord j'éprouve un sentiment criminel, ensuite je le cache, enfin je le justifie. Voilà le comble. Il ne reste à la mesure que de déborder.

LETTRE XVII.

16 décembre.

Tant d'impressions intérieures, tant de sensations concentrées, tant de remords corrosifs, et l'insomnie qui dessèche, et par-dessus une aversion toujours croissante pour toute espèce d'alimens : en voilà beaucoup trop. Ma santé s'est affaiblie..... Pas assez peut-être ! Oh ! Évangéline ! Que je verrais arriver la mort avec joie ! J'irais au-devant d'elle, et lui dirais : que ton pas est lent !.... Hâte-toi, il me tarde !!... Ce désir est-il coupable ? Offenserait-il l'Éternel ? Ce n'est point de la souffrance que je suis ennuyée, c'est du péché ; ce n'est point à l'épreuve de la vie que je voudrais me dérober, mais à un sentiment qui me dégrade. « Je n'approuve point ce que je fais, parce que je ne fais point le bien que je voudrais faire, mais je fais le mal que je hais..... Je trouve en moi cette loi, que, quand je veux faire le bien, le mal est attaché à moi. Car je prends plaisir à la loi de Dieu, selon l'homme intérieur, mais une autre loi combat contre la loi de mon esprit, et me rend captive sous la loi du péché. Misérable que je suis ! Qui me délivrera de ce corps de mort ? » Comme ce langage me va bien ! Comme il exprime ce que j'éprouve, tout ce que j'éprouve et de bonnes intentions, et de tentatives infructueuses, et de douleur, et de repentir, et d'impuissance. Misérable que je suis ! Qui me délivrera de ce corps de mort ?

LETTRE XVIII.

17 décembre.

Il est l'heure du déjeûner, et mon dîner d'hier me fatigue encore, si léger qu'il fut. Descendrai-je au salon? Mille questions me seront adressées, car je ne mangerai pas; mille instances me seront faites, et, comme tous ces jours, je mangerai peu, et j'en serai souffrante. On entre, c'est mon père, c'est Abraham. Mon père est triste; Abraham est rayonnant de joie; on dirait un élu déjà glorifié. En le voyant, j'ai dit tout bas: c'est un martyr. Et c'est moi qui le persécute, et cette dernière persécution sera pour lui la pire de toutes. — Ma fille, a dit mon père, ton union avec

Auguste a été la plus chère de mes pensées, la pensée de toute ma vie. Te marier loin de mes yeux, me fut toujours
la perspective la plus noire, et je t'ai
pressée, sollicitée, implorée. Je le vois :
tu voudrais délecter mon cœur, et tu
désoles le tien, et tu ne manges pas,
et tu ne dors pas, et tu pleures, et tu
maigris..... Si tu allais t'éteindre comme
ta mère! O ma fille, pardonne-moi mon
opiniâtre dessein. Pardonne, ô mon
épouse, je n'ai pas moins offensé ta protestante mémoire! Pardonnez, ô vous,
son noble père, dont l'autre jour la sévère parole m'ébranla, et qui depuis,
dans la discussion entre nous deux éta-
blie, et si victorieusement soutenue par
votre foi, votre expérience, et votre
amour pour Chrétienne, m'avez fait
succomber à votre opinion. Dis-moi, ma
fille, n'est-ce pas que tu me pardonnes
tes chagrins et ta pâleur?.... Dis-le-moi

avec abandon, dis-le-moi vite, Chrétienne, et oublie, ainsi que je l'ai fait, qu'il a été question d'Auguste. J'ai écrit à Théodore, et déjà son ami apprend qu'il ne doit plus songer à Chrétienne..... A ces mots je cédai au remords, à la honte, au devoir, à l'amour, à je ne sais quels sentimens tumultueux et contraires, à je ne sais quoi. J'embrassais mon père, j'embrassais mon aïeul, je sanglottais, je me taisais, je parlais, je retombais dans un même silence, puis je parlais encore, je m'accusais avec force, et ils étaient dans un pénible étonnement, et ils ne comprenaient rien à mon langage saccadé, à mes manifestations inattendues. Mon père me prit dans ses bras, me serra contre sa poitrine, posa son visage sur le mien, et m'arrosa de pleurs. — Cesse, trop excellent père, me suis-je alors écriée, cesse tes caresses dont je suis indigne.

Si j'ai pleuré, si je n'ai point mangé, si je n'ai point dormi, si je suis malade, ce n'est point parce que tu as voulu que je l'aimasse, c'est parce que je..... l'aime. Lis cette lettre, père de ma mère; Théodore l'a commencée, Auguste la terminée.....J'ai pris plaisir au commencement, j'ai dévoré la fin, cette lettre m'a perdue. Si tu allais t'éteindre, viens-je d'entendre !.... Mais c'est déjà consommé,..... Mais je suis éteinte dans.... ma vie religieuse, et Dieu s'est retiré de moi. —

Le vieillard lit la lettre fatale à voix haute. Chaque mot me fait pâlir et lui arrache une plainte. Son front se rembrunit peu à peu, semblable à un ciel qu'envahit l'orage, et sa bouche, comme honteuse de s'être prêtée à un langage si mondain, emprunte celui du prophète dont elle étreint, dont elle caresse chaque syllabe vénérée. — « Je suis ainsi un objet de moquerie..... La parole de l'Éternel m'est tournée en opprobre..... Maudit soit le jour auquel je naquis..... Que le jour auquel ma mère m'enfanta ne soit point béni..... Maudit l'homme qui apporta de bonnes nouvelles à mon père, en lui disant : un enfant mâle t'est né. Que cet homme-là soit comme les villes que l'Éternel a renversées sans s'en repentir..... Que ne m'a-t-on fait mourir dans le sein de ma mère ? Pourquoi ma mère ne m'a-t-elle pas été un sépulcre ? Pourquoi suis-je né pour ne voir que peine et qu'ennui, et afin que mes jours fussent consumés avec honte?» Je comptais sur elle. Elle m'a trompé. Je me réjouissais de la pensée qu'elle faisait revivre ma fille, elle ne lui ressemble que par les traits du corps; dans l'ame aucune ressemblance. Elle aussi a forfait au souvenir de sa mère. Il n'y a plus que moi qui aie le droit de pro-

noncer son nom béni. Tous, vous la
flétririez en la nommant. « J'ai nourri
des enfans, je les ai élevés, mais ils se
sont rebellés contre moi. » Que me
veut ton digne frère avec le sobriquet
de puritain qu'il me jette comme un
outrage, que me veut-il avec ses phases
humanitaires, et son christianisme progressif qui ne serait plus du christianisme? Le papisme n'est point un obstacle aujourd'hui! Dans les temps de
luttes religieuses, à la bonne heure! Ces
luttes, j'y ai pris part, je vous l'ai souvent rappelé, et il est grandement besoin, grandement à propos de vous le
rappeler dans cette conjoncture.

— Nos pasteurs fugitifs, je les ai re-
cueillis. Quand nos cachettes, à nous,
n'étaient pas assez sûres, je fuyais avec
eux, et leur indiquais le creux de nos
rochers. Je puis dire, comme Abdias au
chapitre xviii du premier livre des

Rois : « Quand Jésabel exterminait les prophètes de l'Éternel, j'en pris cent et je les cachai, cinquante dans une caverne, cinquante dans une autre, et je les y nourris de pain et d'eau. » Quand on courait après eux, je courais avant ceux qui couraient après eux. Un surtout m'a dû son salut. Il y a bien longtemps, j'avais quatorze ans à peine (1), je vis l'apostolique *Encontre*, de Marsillargues, dont le petit-fils est aujourd'hui pasteur à *Saint-Jean-de-Marvejols*.

(1) Tous ces récits sont vrais, quant au fond, au temps et au lieu. Cependant, quoique Chrétienne soit à portée d'en apprécier tous les traits, en est-elle capable, oppressée qu'elle est, et suspendue à une attente si pleine d'anxiété, et le vieillard, tout vieillard qu'il est, c'est-à-dire *laudator temporis acti*, ne devrait-il pas lui en épargner au moins la longueur ? Elle même répond : non! puisqu'elle se proclame en quelque sorte *charpentée*, lorsqu'elle les a tous entendus (pag. 100). Il faut que la puissance de la religion et d'Abraham soit bien grande, pour arrêter la torture de l'incertitude et de l'amour réunis.

(*Note de l'éditeur de ces lettres.*)

4

C'était un digne émule du ministre *Court*, — auteur du *Patriote français impartial*, de l'*Histoire des Camisards*, et père du fameux *Court de Gébelin* — qui quatorze ans auparavant avait visité*...., et reçu l'hospitalité de notre cousin Rabaut, lequel lui fit dans l'intérêt de la foi protestante et de nos églises affligées, le sacrifice de son fils Paul, âgé de dix-huit ans, si célèbre depuis sous le nom de *Paul Rabaut*, et suivi d'un camarade du même âge, *Pradel*, que j'ai beaucoup connu. Ceci se passait en 1736, il y a cent ans aujourd'hui, et souvent nous en avons causé, avec larmes et actions de grâce envers Dieu, avec eux-mêmes et leurs enfans, *Rabaut-Saint-Étienne, Rabaut-Pommier, Rabaut le jeune*, et *Frédéric Pradel*, mort à Montauban en 1824, doyen de la faculté. A cette visite se rattachait une circonstance bien intéressante, un sou-

venir bien précieux, celui de mon baptême par le ministre *Court*, car je naquis le jour de son arrivée, et, quatorze
ans plus tard, d'autres circonstances,
non moins intéressantes pour ma famille, mais plus intéressantes pour moi,
signalèrent la présence au milieu de
nous de l'apostolique *Encontre* que
nous n'appelions que M. Pierre — par
la nécessité de taire son nom connu —
et qui, au mépris d'inévitables dangers,
se multipliait en quelque sorte pour
nous raffermir dans la foi persécutée. Il
parut tout-à-coup avec son jeune fils,
enfant comme moi. Il avait son gîte ordinaire dans notre maison, où nous
conservons ce coin et ce siége qui le
cachaient. Nous le reçûmes en bénis-
sant le Seigneur, et il s'assit dans son
abri accoutumé. La ville était garnie de
soldats. On ignora cependant la présence de M. Pierre. Mais tous nos frères

la connurent comme par instinct, et cette même nuit nous *faisions l'assemblée* au désert. C'était à une forte lieue et au midi de *....., au bas de ces trois petites tours que de loin l'on aperçoit — vestiges que le temps n'a pas encore détruits — et tout près de ***....., peuplé de protestans qui nous avaient devancés dans la cavité spacieuse et profonde dont j'ai pris si souvent plaisir à vous faire connaître jusqu'aux moindres recoins. Nous partîmes sans bruit, et de peur que le jeu de nos clés dans les serrures ne fût entendu, nous les oignîmes d'huile les unes et les autres. Nous marchâmes séparément et presque isolés, afin de ne pas exciter les soupçons, comme si nous marchions au crime, dans les ténèbres et silencieux. A mesure que nous approchons, notre nombre grossit. Nous rencontrons deux frères qui portent alternativement un malade, avide d'entendre la parole et affamé du pain du ciel, je me baisse sous lui, et mes épaules sont fières de le porter à leur tour. Nous rencontrons des mères chargées de frêles nourrissons, qu'elles ont enveloppés comme un fardeau sans prix, de crainte qu'on ne les leur enlève pour un baptême superstitieux. Nous rencontrons de jeunes enfans, auxquels le zèle donne des forces; nous rencontrons des vieillards, auxquels le zèle rend celles qu'ils ont perdues. Nous rencontrons un collègue de mon père dans la charge d'*ancien*, cachant dans un sac, comme un larcin honteux, la modeste robe du pasteur et son humble rabat de taffetas noir bordé de blanc, tandis que de son côté mon père cachait dans un coffre, avec plus de soin encore, les nappes, les plats et les coupes pour la sainte communion. A deux pas de lui marche

M. Pierre entouré de son fils et de moi.
Un peu avant le lieu du pieux rendez-
vous nous aperçûmes une lumière con-
ductrice..... A l'ouverture du souterrain une échelle était placée..... nous le
savions, car souvent par elle nous
étions descendus ; cependant un fré-
missement nous saisit à l'aspect de
cette tanière qui va nous servir de temple. Il fut augmenté par l'arrivée de
quatre frères apportant un cadavre
pour la sépulture. C'est de nuit qu'il
faut enterrer nos morts. Pareils aux
chrétiens sous les empereurs de Rome
nous descendons la dépouille mortelle
dans la grotte, nouvelles catacombes
de nos nouveaux martyrs..... nous
descendons nous-mêmes..... La vue de
M. Pierre fit rayonner tous les visages,
palpiter tous les cœurs et pleurer tous
les yeux. Par la pieuse prévenance de
nos frères de ***...., tout avait été pré-

paré. Une lampe grave et religieuse, une lampe demi-obscure nous montre l'ameublement du souterrain mystérieux : une chaise placée sur une légère éminence, et enveloppée d'une noire draperie..... une table sur laquelle mon père étendit tous les objets eucharistiques, et dans l'enfoncement une..... tombe. Nous célébrons la cérémonie funèbre; sur le front des petits enfans coulent les saintes eaux du baptême ; et plusieurs couples reçoivent la bénédiction nuptiale. La cérémonie funèbre avait arraché moins de larmes que cette dernière cérémonie. Pauvres épouses ! On ne vous appellera pas de ce nom, on vous appellera concubines, et vos enfans, bâtards !.... Ensuite peu vous importera que vos biens appartiennent à d'autres qu'à vos enfans ! Pauvres épouses ! ce n'est que dans trente-sept ans que vous serez ainsi nommées,

après que Malheserbes, Rullières et Bre-
teuil auront fait comprendre à Louis XVI
ce que tous les sages esprits auront compris déjà; ce qu'aura même popularisé le
courageux Rabaut-Saint-Étienne, dans
son *Vieux Cévenol*..... Mais vous n'êtes
pas des concubines, parce que vos
unions n'ont été bénies et sanctifiées
qu'au *désert*, chastes sœurs de Jésus-
Christ, chair de la chair, os des os de
ses membres haïs et persécutés! et vos
enfans, légitimes dans la maison de leur
père céleste, à défaut de vos patrimoi-
nes d'un jour, hériteront le patrimoine
de l'éternité!

— Sous l'impression de ces idées, et
de ces espérances peut-être, M. Pierre
ouvre pour la prédication une bouche
austère et douce, tolérante et ferme.
Un instant, nous crûmes entendre Saurin, ce prince des prédicateurs du refuge, dont les sermons, — j'en étais

lecteur! — alimentaient, en l'absence forcée de nos ministres, notre piété de chaque dimanche; car il est toujours grand comme ses sujets, d'où il fait jaillir mille traits naturels, mais que l'on n'y eût jamais aperçus sans lui; toujours sublime, toujours admirable, toujours terrassant, comme les prophètes; toujours dialectitien, chaleureux, entraînant, qualités dont la réunion est si rare; toujours parfait de cœur et de génie, lorsqu'il déplore nos malheurs, qu'il savait si bien sentir et dépeindre; et..... je ne sais plus comment le caractériser, lorsqu'il lance aux cieux cette déprécation de Jérémie : « Ah! épée de l'Éternel, jusques à quand ne te reposeras-tu pas? Rentre dans ton fourreau, apaise - toi et te repose. » Tel fut le texte de M. Pierre, et un instant nous crûmes entendre Saurin. Après son discours, il distribue la Cène. L'obscurité

de la grotte, le silence du désert, nos
chants si nationaux, et si appropriés à
nos positions, à nos besoins, à nos espérances..... Quoique je n'eusse que
quatorze ans, c'était plus qu'il ne m'en
fallait pour être ému jusqu'aux larmes,
et pour jurer de vivre et de mourir protestant. Je le jurai en face de mes frères,
et en compagnie d'une foule d'amis.
Ce fut notre première communion. Que
j'étais content, et que je le suis encore
de l'avoir ainsi faite sous la croix!!
Cette journée m'est restée toujours.
Toujours j'ai présens, et la cavité, et
la fosse, et M. Pierre, et les chemins
de cette Sion — méprisée des hommes,
mais bénie de Dieu — couverts d'ado-
rateurs de tout âge, de tout sexe, de
tous états, et ces frères veillant au haut
des trois tours, à ce que nos ennemis
ne pussent nous surprendre, attirés par
nos chants. Oh! c'était bien beau! c'é-

tait bien solennel! Rien n'y manqua.
Aucun protestant ne manquait au souterrain. Aucun sentiment ne manquait
aux ames. Sous la persécution, nous
étions plus heureux que nos persécu-
teurs. Pouvions-nous les craindre? Avec
nous combattait l'Éternel; et nous a-
vions éprouvé le prodigieux et imman-
quable effet du psaume LXVIII, qui,
chaque fois, nous valut une armée:

> Que Dieu se montre seulement,
> Et l'on verra dans un moment
> Abandonner la place.
> Le camp des ennemis épars,
> Épouvanté de toutes parts,
> Fuira devant sa face.
> On verra tout ce camp s'enfuir,
> Comme l'on voit s'évanouir
> Une épaisse fumée.
> Comme la cire fond au feu,
> Ainsi des méchans devant Dieu,
> La force est consumée (1).

(1) A cause de ces souvenirs et d'une convenance par-

Et si tout-à-coup les ennemis étaient annoncés innombrables, et qu'il nous fallût rompre l'assemblée, pour fuir nous-mêmes..... ATTENDONS LA BÉNÉDIC-TION! s'écriait un ancien; et nous l'attendions! et elle nous était donnée! et elle nous accompagnait, consolatrice inépuisable, dans les prisons et à la mort. Que de protestans ne l'attendent pas aujourd'hui, pressés qu'ils sont de

faite à tous les besoins, à tous les sentimens, à toutes les positions, le psautier est, de tous les livres de piété protestante, celui qui règne avec le plus de charmes dans les mémoires et les cœurs. Les protestans chantent leurs psaumes ailleurs que dans les temples. Ils les chantent au coin des cheminées, dans les campagnes, dans les ateliers, dans les voitures. L'Éditeur de ces lettres n'oubliera jamais et ne saurait dire l'attendrissement qu'un jour son ame éprouva. A l'occasion d'un baptême, pour lequel il avait été appelé dans une ville-frontière, exclusivement catholique, il réunit pour le culte divin quelques protestans qui l'habitaient alors, au nombre de vingt environ. C'était en 1832, à l'époque des communions de Pâques. Il fit d'abord un service préparatoire à la Cène. Après le premier chant, deux personnes inconnues aux

fuir, non pas les ennemis de la loi de Dieu, mais les bienfaits de la loi de Dieu, de suite après le sermon, qu'ils ont entendu non en humbles croyans, mais en juges littéraires!

— Cependant, nous retournons dans le même ordre. Après le retour, un frère s'aperçut qu'une figure hostile épiait..... Il trembla pour M. Pierre; et, sur-le-champ, avec précaution, il frappe à

vingt protestans du lieu, se présentent, et, sans le secours du psautier, associent leurs voix à nos voix. Ils étaient Cévenols et gagnaient leur pain de ville en ville. De leur humble hôtellerie ils entendirent un *air* suave à leurs oreilles. — Quoi! un psaume! dit l'épouse à l'époux, courrons, volons là où l'on psalmodie! — Et ils courent, et ils volent, et ils entrent en psalmodiant les mêmes paroles que nous. Il y avait délice à les entendre raconter leur bonheur! Nulle part le psaume XLII, dont les sons inattendus avaient frappé leur ouïe, ne leur avait paru beau comme sur la terre étrangère. A la seconde réunion ils mangèrent et burent avec nous à la table du Rédempteur. Depuis ce jour le psaume XLII est pour moi le plus béni des psaumes.   *(Note de l'éditeur de ces lettres.)*

notre porte, il appelle mon père. Mon père, qui ne dormait point, répond, et demande : — Serions-nous trahis? — Je crains fort; où est M. Pierre? — A ****...., au nord et à trois heures de *....; car il ne s'arrêtait point, M. Pierre : il avait tant à faire, tant d'églises à fortifier, à consoler!.... Les soldats, avertis, suivaient déjà ses traces. Je m'élance de mon lit, je vole. O malheur! les soldats couvrent le pont par lequel *.... est séparé du chemin qui mène à ****.... A l'instant je traverse la rivière à la nage, et je dépasse nos ennemis. Mais ceux-là n'étaient qu'une arrière-garde : d'autres marchaient devant. Je suis avec grande hâte des chemins détournés. Parvenu au seul par où l'on puisse arriver à ****...., j'ignore si les soldats sont devant ou derrière. Je pose mon oreille à terre, pour écouter le retentissement des pas... Aucun bruit, rien..... Tremblant, je con-

tinue..... O bonheur! une toile d'araignée
me barre le passage..... On n'est donc
point passé, me dis-je, en enfonçant
avec allégresse la mince barrière, et me
voilà dans ****...., où, en un clin-d'œil,
M. Pierre est caché. Et là les cachettes
sont nombreuses et sûres ; et là nos
frères ne craignent point : ils sont puissans par le nombre ; ils sont puissans
par la foi ; ils sont puissans par les souvenirs. Réformés avant la réforme, protestans avant le protestantisme, nos
précurseurs, nos frères aînés, enfans
de Pierre Valdo, échappés au massacre
de Béziers, réfugiés à ****...., ils y atten-
daient la réformation comme le crépus-
cule attend le jour, comme l'aurore attend le soleil ; et ils s'y montrent dignes
de leur glorieuse origine.

— J'avais sauvé M. Pierre ; et, pendant que son fils me saute au cou et
me remercie par ses pleurs, *L'oiseau est*

déniché, *mais le nid est tout chaud*, crie une courageuse protestante aux soldats qui arrivent, et qui, avec leurs baïonnettes, fouillent dans tous les sens la couche abandonnée (1).

— Voilà ce que je fis à quatorze ans; et pour ce fait j'eus l'honneur de porter sur mon corps les flétrissures de Christ, stygmates incorruptibles. Pendant un an, je fus confesseur dans les fers (2). Mille fois je vous ai mis sous les yeux ma condamnation, dont je m'enor-

(1) Ce fait, relatif au salut de M. Pierre Encontre, et qui m'a été souvent raconté par un témoin oculaire, appartient à un zélé protestant de Bédarieux, Maurel dit la Ruse. On peut, d'après un document authentique inséré à la fin et faisant suite à cette note, acquérir la conviction qu'en effet Pierre Encontre exerçait son apostolat à Bédarieux.   *(Note de l'éditeur de ces lettres.)*

(2) C'est sans doute en égard à son jeune âge qu'Abraham ne subit qu'un an de prison. De moindres services rendus aux ministres, traqués dans leurs tanières, furent payés beaucoup plus cher.

                (Note de l'éditeur de ces lettres.)

gueillis, comme d'une lettre de véritable noblesse, comme d'une attestation
incontestable que , dans mon enfance
même, je n'ai point fléchi le genou devant Baal. Et le pouvais-je! A huit ans,
je me formais au courage chrétien et à
la haine du papisme, par la vue de
l'exécution de l'héroïque Roussel d'Uzès.
Son nom est populaire dans nos villes
et dans nos hameaux, où toutes les bou-
ches protestantes ont chanté les tristes
complaintes de son martyre. Ma fille
ne dédaignait pas de s'associer à ce chant,
et j'aimais à l'entendre, car elle chantait
ce que je vis à huit ans. Je vis Roussel,
qu'un traître avait livré sur la côte
d'Aulas, traîné dans la citadelle de Montpellier. Je vis sa mère sanglotante. Nour-
rice du duc d'Uzès, elle lui avait crié:
— Protection pour mon fils, grâce pour
ton frère! — Je veux le sauver, je le
puis, fût-il accusé de vol ou de meur-

tre. — Il n'a prêché que l'Évangile. — Je ne puis rien pour lui, mais, s'il quittait sa religion damnable, je pourrais..... — Merci pour la grâce de Roussel, interrompt la femme forte, pas plus que Roussel, sa mère n'en veut à ce prix. — Que seulement il nie le prêche qu'on lui impute. — Pas davantage il ne veut, il ne doit. — Je la vis au tribunal, à l'heure où l'on condamnait son fils unique. Du geste, elle l'encourageait, elle l'invitait à la mort. Je vis Roussel, la tête et les pieds nus, les bras garottés, et marchant au supplice en chantant le psaume LI. Encore là je vis sa mère, mais cette fois désolée, le cœur transpercé, comme Marie devant la croix, les yeux noyés de larmes, la poitrine soulevée par la douleur..... Et lui parlait à sa mère, parlait au peuple; mais le peuple et sa mère n'entendaient que le roulement des tambours. Alors Rous-

sel regarde sa mère, comme fit le Sauveur, regarde le ciel, comme fit saint
Étienne, et, dans ce double regard, sa
mère lut cette parole, qu'il lui avait dite
en prison : AU REVOIR DANS LA GLOIRE
ÉTERNELLE!!

Voilà ce que je vis à huit ans (1); et
à vingt-six je croyais le revoir à Toulouse, lorsque j'y voyais, j'y déplorais
hautement, j'y convoitais presque les
supplices de Calas, du ministre Rochette,
des trois gentilshommes verriers..... dernières exécutions juridiques dans notre
province du Languedoc, mais non dernières persécutions, au sein desquelles
je ne démentis jamais mon zèle de huit,
de quatorze, de vingt-six ans. Ami en-

(1) Les souvenirs d'Abraham ou de Chrétienne les trom-
pent si, comme je l'ai lu quelque part, l'admirable Roussel a été pendu en l'an 1728. Est-ce au témoignage d'Abraham, ou à ce que j'ai lu quelque part qu'il faut croire ?
(Note de l'éditeur de ces lettres.)

core plus que parent et filleul de Paul
Rabaut, je n'ai jamais dégradé la sainteté de nos rapports. Qu'un étourdi
méprise mon siècle, préconise le sien,
tout d'égoïsme, et m'appelle *puritain*,
peu m'importe. Je vous combattrai jusqu'à extinction; j'évoquerai contre vos
lâches tendances les souvenirs de nos
temples saccagés et mis en poussière,
de nos vierges ensevelies dans des tours,
de nos vieillards aux galères, de nos
ministres attachés sur la roue, cloués
sur les potences, de nos enfans arrachés
aux bras maternels et condamnés à une
religion idolâtre, du nom protestant
honni, baffoué, conspué, de nos cada-
vres abandonnés en pâture aux oiseaux
de proie. Je vous poursuivrai de ces
souvenirs (1), qui appartiennent aux

(1) Toutes les localités protestantes en sont pleines.
Pas une qui n'ait eu ses martyrs. Celle, où nous écrivons,
a fourni son contingent sinon aux potences, du moins

temps héroïques ou plutôt apostoliques du protestantisme, qui sont toute une sublime épopée, et qu'il faut bien rappeler quelquefois, sans crainte d'exciter

aux amendes, du moins aux galères, comme on peut le voir à la fin d'après des *actes officiels.* Il nous semble que si, dans toutes nos églises, l'on interrogeait sur les choses d'autrefois les quelques Abrahams qui vivent encore, les vieux papiers des familles, et les archives poudreuses soit des consistoires, soit des mairies, l'on parviendrait à une collection de matériaux suffisante pour une histoire du protestantisme, vraiment intéressante, vraiment nationale. A côté de cette collection, que nous recommandons parce qu'elle nous apparaît comme un devoir et un devoir facile, pourrait être très-utilement placée, celle de M. Rabaut le jeune, publiée en 1807, sous le titre de *Répertoire ecclésiastique*, et si riche de faits sur *l'établissement* et le *rétablissement* de la réforme en France. Lorsque partout on se livre à des travaux archéologiques, l'archéologie religieuse, l'archéologie protestante serait-elle seule négligée ? . . Et de celle-là nous avons plus que besoin dans l'intérêt, d'abord de la vérité historique, ensuite de notre nationalité protestante qu'il faut à tout prix réveiller, reconstruire. Ce serait un moyen infaillible de vivre comme église ; pourquoi ne pas employer ce moyen?

(Note de l'éditeur de ces lettres.)

trop d'exaltation, car tout le monde les
oublie, sous prétexte que le siècle est
en course dans la route du progrès, sur
laquelle on ne doit bientôt plus trouver
les noms des sectes. Mais c'est qu'on a
peur de rougir d'avoir si peu de foi,
tandis que nous en avions au point de
sacrifier non pas simplement un mariage
et les commodités de la vie, mais la vie
elle-même. Oui, je vous poursuivrai de
ces souvenirs, et je lancerai jusque sur
votre quatrième génération des prédic-
tions effroyables. L'Éternel punissait
sévèrement de pareilles unions de son
peuple avec les peuples voisins. Ces
unions engendraient l'idolâtrie. Ces
unions étaient la source de tous les
malheurs publics et privés. Ces unions
étaient maudites. Et le père des croyans,
dont je porte avec tant de respect le nom,
que mon parrain Paul Rabaut m'a im-
posé, savez-vous le serment qu'il exigea

du plus ancien de ses serviteurs : « Je te ferai jurer par l'Éternel, le Dieu des cieux et de la terre, que tu ne prendras point de femme pour mon fils d'entre les filles des Cananéens, parmi lesquels j'habite, mais tu iras en mon pays, et vers mes parens, et tu y prendras une femme pour mon fils Isaac. » Voilà, nonobstant des voyages, même lointains, ce qu'il faut toujours faire ; voilà ce que j'ai fait, ô ma fille !!!

Mais le catholicisme est une communion chrétienne ! Pourquoi donc notre sainte Réformation ? Ombres grandes et sévères de Luther et de Calvin, vous avez frémi. Sans doute le catholicisme s'est *réformé* malgré lui et quoi qu'il en dise ; sans doute il n'est pas antichrétien autant qu'aux jours de la Réforme. Mais le service divin en langue inconnue ! mais le sacrifice de la messe ! mais l'invocation des saints ! mais le

culte de la Vierge! mais la confession
obligatoire! mais la présence réelle!
mais le purgatoire! mais ces mondaines
cérémonies, sous lesquelles disparaît
totalement l'idée religieuse, formes
éblouissantes qui étouffent le fond!
mais l'autorité du pape, supplantant
l'autorité de Jésus-Christ, erreur capi-
tale et mère de toutes les autres!....
mais ces innombrables édits (1) qui
frappaient nos pasteurs parce qu'ils res-
taient dans la patrie, et qui nous frappaient, nous, pour n'y point rester,
alors qu'ils nous y interdisaient TOUT,
jusqu'à des protestantes pour le service
de nos maisons; alors qu'ils nous y con-
traignaient à TOUT, jusqu'à damner nos

---

(1) Nous adressons au *Vieux Cévenol*, excellent
livre déjà mentionné par Abraham, les lecteurs qui seront
désireux de voir, dans un cadre dramatique, *ces innombrables édits* portant leurs fruits déplorables.

(Note de l'éditeur de ces lettres.)

enfans!!! mais les amendes, quand nous ne voulions pas les damner!!! (1) mais les dragons, les cachots et les bûchers! mais la grande tribulation, dont j'ai connu les restes mutilés, semblables à des tisons retirés du feu? mais cette tribulation dernière à laquelle j'ai glorieusement participé!...

Auguste a de l'honneur! Ses enfans seraient protestans! Il a de l'honneur; mais il n'a que vingt-deux ans, mais il est amoureux! Peut-être direz-vous : Tout au plus il attirerait à lui les garçons, jamais les filles. Les ames des garçons ne sont-elles donc pas aussi

(1) En voici un modèle dont l'éditeur de ces lettres possède l'original : » De par le Roy, M. Bosc et prie por » la dernière fois de paier entre les mains du s^r M... co- » leteur la somme de onze linres en laquelle il a este » condamne par ordonnance de M. L'intendant faute de » nauoir annoie ses anfans a la messe a lecole et aus ins- » tructions de la paroisse. »

(Textuel, moins le nom du coleteur, qu'on a cru devoir supprimer.)

chères à Jésus-Christ? Et ensuite, quelle
confusion! quel désordre! quelle gêne
entre un frère et une sœur, entre un
fils et une mère, entre le père et la fille!
Eh! que sont les autres liens, quand le
lien religieux ne s'y joint et ne les serre!
Dans de tels mariages, il faut tous manquer de religion, ou celui qui en est
pourvu n'est là point à sa place. Mélanie, dont il se rit avec si peu de sens,
a pensé et écrit comme elle devait penser et écrire. Elle se croit dans le vrai,
et elle fait bien d'y vouloir retenir Auguste, et d'aspirer à y attirer les enfans
qui naîtraient de lui. Tel est encore le
sentiment du bon curé de cette paroisse,
mon contemporain et mon ami, quoiqu'il soit catholique aussi fermement
que je suis inébranlablement protestant.
Quand on est réellement religieux, on
ne veut unir son cœur qu'à un cœur
religieux de la même manière. Là est

l'essentiel du mariage, tout le reste n'est qu'accessoire. Voilà comme raisonnent la foi et la piété; voilà comme vous m'aviez dit que raisonnait Chrétienne. J'étais fier de toi, et tout à l'heure joyeux comme on l'est au ciel, je remerciais ton père de ce qu'il ne luttait plus, de ce qu'il nous donnait la victoire. Je lui disais avec orgueil : — Tu le vois : « La vigne que j'ai environnée d'une haie, d'où j'ai ôté les pierres, et que j'ai plantée de ceps exquis, a porté du raisin délicieux!... » Ingrate et déchue, tu n'as produit que des grappes sauvages. Tout à l'heure je bénissais le père, à présent je dois maudire la fille, et prononcer sur elle : Anathème! maranatha. —

Cet accent biblique, ce ton d'inspiré, ces récits d'un autre âge, cette tristesse de l'ame, ces âpres reproches, ces menaces prophétiques, ce protestantisme du désert, qui se manifestait si sublime

par son dernier représentant; peut-être
cet ensemble accablant m'avait en quelque sorte *charpentée*, comme s'exprime
un prophète. Abraham avait cessé de
tonner, que j'entendais encore le gron-
dement de la foudre. J'étais à sa voix
brisée comme les cèdres du Liban à la
voix de l'Éternel, et tremblante comme
le désert que la voix de l'Éternel fait
trembler. Mon père était pétrifié, il avait
ainsi que moi perdu la parole, et, de
même qu'en présence du Juge des vivans
et des morts, nous nous sentions coupables, nous étions consternés, nous
attendions la sentence, et semblions
dire l'un et l'autre, par notre attitude
humiliée : — Moi, je ne répondrai point.
— Nous pensions qu'Abraham avait
terminé, et que sa poitrine de cent ans
devait être affectée de ce long et véhé-
ment langage..... Il ne nous laissa point
de repos; il trouva de la force encore

dans son zèle ardent, et d'autres récits dans ses souvenirs impitoyables. — Sais-tu, fille indigne, quels étaient les ancêtres de ton amant? Entends et tremble : Deux mois avant la révocation de l'édit de Nantes, notre temple de *.... était encore debout. Mais à l'instigation de *ses* ancêtres, qui préludaient ainsi à cet acte parjure, le diocèse de Béziers avait demandé déjà que notre temple fût démoli. Louis xiv, le grand persécuteur, lance l'ordonnance sacrilège qui porte contre le culte protestant *interdit pour toujours.* Et le 23 août 1685 la destruction commence, tous autres travaux publics et privés étant interrompus; le 24, anniversaire de l'affreux guet-à-pens catholico-monarchique de la Saint-Barthélemy, elle est poursuivie sous l'inspiration de cette infernale journée; le 25, elle continue sous l'invocation de saint Louis, pour *l'extirpation*

de l'hérésie ; le 26, c'était un dimanche....
c'est égal, elle ne cesse point, tant l'œuvre est pieuse, et la maison sainte disparaît, aux acclamations de ses ancêtres, dont pas un ne manque, et dont
tous vocifèrent comme les enfans d'É-
dom contre Jérusalem !...— Découvrez,
découvrez jusqu'à ses fondemens. Mon
grand-père était là qui disait tout haut :
— Si je t'oublie, Jérusalem ! que ma
droite s'oublie elle-même ! que ma langue s'attache à mon palais, si je ne me
souviens de toi, et si je ne fais de Jérusalem le principal sujet de ma joie ! —
Mon grand-père était là qui recueillait
son banc, que je vénère comme le plus
saint des débris, comme la plus précieuse
relique, et que j'ai fait placer dans notre
nouveau temple, — car notre culte
n'a pas été *interdit pour toujours*, et
l'Éternel, revenu de son courroux, ne
nous a point exterminés.— Sur ce banc,

je m'assieds avec respect, avec frémis-
sement, avec bonheur; et ce banc, vieux
reste d'un temps encore plus calamiteux
que le mien, est le seul, est le digne
ornement de la maison de Dieu. C'est
là ce que faisaient tes ancêtres. Les
siens!.... Tu as entendu déjà leurs cris
féroces, vois leurs actes maintenant :
Ils achetèrent, en échange des frais de
démolition, les pierres de nos saintes
murailles, et ils en construisirent la
maison qu'habite ton amant. Désire encore, après cela, de l'habiter, cette demeure maudite! Heureux qui la détruira,
et n'y laissera pierre sur pierre!.... Je
n'invente point. Mon grand-père, qui
avait tout vu, tout entendu, m'a tout
dit. Et si tu ne veux pas nous croire, de
peur d'avoir trop horreur de toi-même,
prends, lis ce *procès-verbal*, dressé par
les démolisseurs comme un trophée,
dans leur vaniteuse et folle prévision,

et naguère trouvé chez un de leurs descendans. Il contrebalancera peut-être
la lettre que tu m'as remise; et si ensuite tu l'aimes encore, il ne me res-
tera qu'à prononcer à plein gosier :
Anathème! maranatha!

Me jetant aussitôt un imprimé viel
et enfumé, Abraham se retire, chance-
lant sur sa canne, et son visage enflammé darde sur nous un regard de répro-
bation. La damnation éternelle, au jour
de Christ, sera-t-elle plus terrible que
cette dernière parole?.... Pendant plus
d'un quart d'heure nos yeux ne voyaient
rien, un sombre nuage les couvrait de
sa pesanteur..... Enfin nous avons lu.
Oui! cet effroyable procès-verbal est
authentique (1). Oui! mes aïeux ont

(1) Il en existe à *.... plusieurs exemplaires enfumés,
comme dit Chrétienne, et un notamment entre les mains
de l'éditeur de ces lettres. Voir à la fin cette pièce historique des plus curieuses. Sa longueur ne nous permet pas
de l'insérer ici.   (*Note de l'éditeur de ces lettres.*)

été sublimes. Mais les siens !.... Misérable que je suis ! qui me délivrera de ce corps de mort ?....

A peine avons-nous eu fini cette lecture poignante, que nous étions aux genoux d'Abraham. Je les couvrais de baisers et de larmes, baisers d'amour filial, larmes de repentir. — Ne me repousse point..... Daigne m'entendre, ô père de ma mère ! Je l'aime, mais je ne l'épouserai jamais, jamais quand même tu y consentirais, ô père de ma mère ! Sur cette Bible, où Paul Rabaut a écrit son nom, et qu'il ouvrait sur cette même table pour vous la lire, m'as-tu souvent raconté, j'en fais le serment. Je te le jure, ô mon Abraham ! je te le jure, ô ma mère ! je te le jure, ô mon Dieu ! et vous, mon père, vous me promettez — vos promesses suffisent — en présence de mon aïeul, et par la sainte mémoire de ma mère, de ne point ré-

5*

véler à mon frère, de ne point révéler à
votre sœur, de ne révéler à personne,
un amour qui ne s'est révélé à moi que
lentement et en traître. Prends, à ton
tour, Abraham ! voilà le journal de mes
pensées et de mes sentimens ; je l'écri-
vais pour mon amie Évangéline, que
tu aimes après nous plus que personne,
pour mon amie dont la présence m'eût
sauvée. Lis et tu verras mes répugnances aussi protestantes que les tiennes,
mes oppositions aussi vigoureuses que
les tiennes, mes combats plus opiniâ-
tres que les tiens, et à l'issue d'une
lutte trop inégale, ma chute et mes
remords. Lis et tu me plaindras ensuite,
lis et cette lecture te fera autant de
bien, j'espère, que m'a fait de mal ton
fatal imprimé, et plus encore ta me-
nace..... Je monterais donc là où m'attend ma mère, chargée de ta malédic-
tion !!!.. Ta bénédiction, ô père de ma

mère! — et, lui pressant les genoux que mes pleurs ne cessaient d'arroser, je ne te laisserai point aller, ai-je dit avec un débordement de sanglots, que tu ne m'aies bénie ! —

Quelle scène, Évangéline ! Le vieillard changé par l'énergie de mes déclarations, la vérité de mes sermens, et la véhémence de mes prières, me relève de terre, de ses blancs cheveux il voile mon front, de ses mains tremblantes il l'environne; de sa bouche il le baise avec amour et fait sortir cette parole : — Bénie sois-tu, Chrétienne ! bénie sois-tu pour tes combats ! bénie sois-tu pour ta défaite plus glorieuse que tes combats ! Victorieuse, tu serais moins sublime. Reconquérir est plus beau que perdre n'est honteux. Bénie sois-tu de tes sermens ! Les sermens de Chrétienne, l'Éternel les connaît et y compte. Bénie sois-tu dans tes regrets, dans

tes bonnes intentions, dans ton père !
Bénie sois-tu ma fille ! Tu n'as point
perdu le fruit de mes leçons, tu n'as
point démenti mon espoir, tu as senti
toute la portée du nom de Chrétienne
dont je t'anoblis, lorsque mes bras te
présentèrent au Seigneur pour le saint
baptême. Dans ma pensée Chrétienne
signifiait : Chasteté ! Sainteté ! Dévouement ! Dans ma pensée tu devais être
parée de pudeur, de vertu, d'innocence ;
tu devais consoler et prier au chevet
du grabat, où l'infortune souffre et se
plaint ; prodiguer des conseils aux jeunes filles, tes compagnes ; faire accepter des secours et des soulagemens à
l'indigent qui n'ose demander du pain ;
tu devais, comme le veut l'apôtre,
« avoir pour ornement la pureté incor-
ruptible d'un esprit doux et paisible,
ce qui est d'un grand prix devant Dieu ; »
tu devais, en un mot, comme le même

apôtre y exhorte, « ajouter à la foi , la vertu ; à la vertu, la science ; à la science, la tempérance ; à la tempérance, la patience ; à la patience, la piété ; à la piété, l'amour fraternel ; à l'amour fraternel, la charité. » Tu as compris ce que veut dire Chrétienne, en pratiquant tout cela. « Père saint ! garde-la en ton nom ! » et qu'elle soit bénie !!!.. « Maintenant mon désir tend à déloger de ce monde. » Je pars content de toi. J'ai une heureuse nouvelle à annoncer à ta mère. « Il y aura de la joie au ciel ! »

« Laisse-moi désormais ,
Seigneur ! aller en paix ! »

Que je te bénisse encore , ô ma fille ! Que je te bénisse , ô mon fils !!!.. —

J'étais retombée à ses genoux, mon père m'y avait suivie, et la bénédiction sembla descendre du ciel, nous nous crûmes bénis de Dieu..... Encore le saint vieillard me relève, encore de ses blancs cheveux il voile mon front, de ses mains tremblantes il l'environne, et de sa bouche il le baise. Je me sentis relevée moralement, voilée de pudeur, environnée de vertu, et embaumée de grâce. Ce fut un moment délicieux, un moment céleste !

Rayonnant de pieuse et douce joie, nous descendîmes au salon, et fîmes un repas vraiment heureux. Je mangeai comme à mes beaux jours; celui-ci était le plus beau; Abraham m'avait bénie; il était content de moi; ne devais-je pas être contente ? Le reste de la journée fut agréable et brillant.

LETTRE XIX.

18 décembre.

J'ai bien dormi, mon amie. J'ai dormi comme l'on dort après une forte résolution prise, après un devoir accompli. Durant la nuit j'ai donc encore été bénie ; au réveil je le suis derechef par le regard si affectueux d'Abraham, par l'air si réjoui de mon père, et par la plus heureuse fortune qu'ait pu me ménager la bonne Providence. Loué soit Dieu qui fait tout concourir à mon bien ! Quel secours inattendu ! une lettre de toi, ô ma meilleure amie ! Comme à la vue de l'adresse, où j'ai reconnu tes doigts, mon ame a été remuée, et mes yeux ont coulé !!... Voilà deux mois que ta voix s'était tue, que tes doigts s'étaient reposés ; et pendant cet intervalle mortel pour mon amitié solitaire, que je t'ai de fois implorée! que j'ai de fois eu besoin de tes consolations et de tes conseils ! Avec un empressement auquel se mêle la crainte de détruire ne fût-ce qu'une syllabe de tes lignes chéries, j'ai rompu le cachet : quelques mots seulement..... mais ils sont si tendres, si délicieux! Et ce soin de ton cœur de m'écrire au moment même de ton arrivée à Lyon, pour que je te sache bien vite plus près de moi! n'avoir pas voulu perdre le départ du premier courrier ! m'avoir adressé quelques paroles ferventes de dévouement, incontinent après ta descente de voiture ! et surtout me promettre pour la quinzaine ta cordiale visite ! Évangéline ! te voilà bien, et je t'en remercie. Je vais donc tomber dans tes bras, me ranimer à ton souffle, et m'épandre comme un flot dans ton ame! Que ton arrivée me promet de transports! Que ton séjour m'assure de biens! Viens donc vite, plus vite que tu n'as dit, ô ma bienaimée! mon cœur a besoin de ton cœur. Viens, ô toi, qui crois comme je crois, qui penses comme je pense, qui sens comme je sens! Viens, tu me diras ton voyage, tes sensations. Viens..... mais avant je vais à toi. Avant, je veux que tu me voies, de peur qu'en arrivant tu ne puisses me reconnaître, et tu ne me dises : Qui es-tu? Je suis ton amie toujours, Chrétienne toujours, mais meurtrie et dolente. Et je veux qu'ainsi tu me voies avant d'arriver à *.... Je vais donc à toi..... car c'est aller à toi, que t'envoyer à Lyon toutes ces lettres qui sont pour toi, qui sont tiennes. Ces lettres sont mon effigie exacte, mes sentimens réels, mes pensées naturelles, moi tout entière. Et tu sympathiseras, et tu me plaindras, et tu me pleureras, et tu espèreras en Dieu pour moi, et tu arriveras plus tôt que tu n'as dit. Va, mes bras sont dignes de tes bras, mes yeux de tes yeux, mon sourire de ton sourire, et mon cœur de ton cœur. Partez donc, récits naïfs et vrais, entretenir de moi mon amie. Tableaux fidèles, mettez-moi devant ses yeux. Coulez, effusions de mon ame dans son ame qui vous recevra.

Adieu donc, Évangéline! cette fois-ci tu m'entendras, et je t'entendrai..... Déjà je t'écoute..... J'attends tes lettres, et puis ta présence dont j'attends infiniment plus que de tes lettres. Je t'embrasse avec amour chrétien. Encore adieu.

LETTRE XX.

24 décembre.

Théodore et ma tante arrivèrent hier avant midi. A la nouvelle de ma maladie ils sont venus, car ils m'aiment, car tout le monde m'aime; tu le sais, Évangéline; tu sais aussi que j'aime à être aimée. Un peu après l'arrivée, mon frère nous engagea à une promenade qui pourrait être, nous dit-il, favorable à ma santé. Ma tante, quoique fatiguée, voulut se joindre à nous. Appuyé sur sa canne et sur le bras de mon père, Abraham nous suivit. La promenade fut courte à cause du faible vieillard. Une demi-heure tout au plus sépara notre rentrée de notre sortie, et

au foyer du père de ma mère le rendez-
vous eût été complet, si ma mère
n'avait été nous attendre au ciel pour le
rendez-vous de l'éternité. Aujourd'hui
encore nous sommes tous ensemble
sortis. J'ai réclamé le privilége de sou-
tenir de mon bras mon vieux parrain.
J'étais heureuse de marcher à son côté,
je choisissais pour mes pas le chemin
le moins facile, je lui ménageais le
moins fatigant, et je n'avais garde de
le dépasser, craignant que, par amour-
propre de vieillard, il ne fît effort pour
marcher comme l'on marche à notre
âge. J'alléguais ma faiblesse et nous
marchions comme les vieillards. Il me
parlait sans cesse : il me témoignait son
amour, il me répétait sa bénédiction,
il avait lu ma correspondance — qui
selon mon attente lui avait fait du bien,
et qui de ses mains passa dans les
tiennes, aimante Évangéline ! — Et

après cette lecture il éprouvait le besoin de me bénir de nouveau, de me
bénir surtout au moment d'aller, ajou-
ta-t-il, vers ma fille et ta mère, vers
mon Dieu et ton Dieu. En même temps
j'avais l'indicible bonheur de sentir ma
main pressée par la sienne, et d'entendre sa voix défaillante me répéter : Sois
bénie ! et redire le cantique de Siméon.
Pour le retour de la promenade, mon
père lui offrit son bras, comme plus
fort que le mien, sur lequel, dit-il en
souriant, notre bon père craignait de
trop appuyer. — Elle est encore souffrante, a répondu le saint vieillard,
mais sous peu, s'il plaît au Seigneur,
elle sera complètement rétablie, car
son cœur ne souffre point ; et du cœur
procèdent les sources de la vie. — Et il
s'est fortement penché sur le bras de
mon père. Il en avait besoin ; j'avais
besoin de celui de Théodore sur lequel
je laissai tomber le mien.

Ma tante, dont mon frère a pris aussi
le bras, m'a parlé la première de l'affai-
blissement de ma santé, et de ses regrets d'en avoir été une cause. — J'espère, ma bonne sœur, a poursuivi
Théodore, que les roses de ton teint
reverdiront bientôt ; quel crime, à
nous, de les avoir flétries ! Ce langage
commençait à me faire mal, bien mal.
Ils ajoutèrent que mon père leur avait
écrit à *...., et répété de vive voix à **....,
de ne point me reparler d'Auguste. Et
ils prononcèrent ce nom !.... Que dis-je ?
Théodore reprit : — La lettre commencée par moi, et terminée par lui,
t'ayant déplu, ne devais-tu pas te bor-
ner à la mettre en cendres ?.... Pourquoi
la confier scrupuleusement à ton parrain, et m'attirer ses reproches, que
j'ai subis, humble et silencieux, car je
les méritais. —Ce ne fut pas tout, mon
amie, ce ne fut rien auprès de ce qu'il

me fallut voir et entendre : nous étions sur le point de rentrer. C'était devant un hôtel. Vois-tu cette fenêtre, m'a dit mon frère, hier à cette même heure, lorsque nous passions ici, *il* était là. Quand il apprit ta maladie, il fut au désespoir ; quand nous partîmes, il partit avec nous ; et sitôt qu'il t'eut vue, il repartit. A présent encore il serait à cette fenêtre, mais sa présence dans l'hôtel eût fait soupçonner peut-être, et pour qu'elle ne pût te nuire, tant il t'honore ! il a repris la même diligence après deux heures de séjour, et par un détour qui quadruple son voyage, il se rendra là où nous étions avant-hier, mais où n'est pas Chrétienne. Ai-je donc pu, je te le demande, ne pas te proposer hier une promenade : ai-je dû lui refuser de te voir passer, de te voir pour la dernière fois, selon qu'avait faussement pressenti son amour tremblant,

alarmé sur ta santé déjà restaurée ?
L'ai-je dû ? Réponds, sœur impitoyable!
Dis du moins que tu ne m'en veux pas
pour ce dernier service exigé par un
ami malheureux. Entends-tu, le dernier.
Car vous serez obéi, ô mon père ! —

Quelle différence, Évangéline, entre
les deux conversations de ma promenade! Celle-ci me fut bien cruelle. Heureusement un événement déplorable en
détruisit l'effet. Heureusement, faut-il
dire ? Je ne sais. Dieu le sait. Pour moi
malheureusement! pour moi heureusement! Heureusement, car la confidence
de Théodore sortit tout entière de mon
cœur, qu'absorba une douleur subite,
inexprimable. Malheureusement, car à
peine rentrés, à peine assis devant le
repas pour lequel Abraham avait rendu
grâces ; à peine Théodore, placé à sa
droite, en eût reçu un baiser d'amour,
en signe de bénédiction, que nous

voyons le saint vieillard pâlir et baisser la tête..... nous le soulevons avec précaution..... Abraham n'ouvre point les yeux ; le Seigneur les lui avait fermés lui-même pour le repos. Abraham n'était plus avec nous. Son ame « dont le monde ne fut pas digne » était avec ma mère. Te dépeindre notre consternation, est chose impossible. Notre étonnement égalait seul notre tristesse. Notre silence avait seul l'expression de nos cris. Cris de surprise et d'angoisse; silence d'abattement et d'immobilité. Nous demeurions atterrés sur nos siéges. Nous nous relevions éperdus, égarés, cherchant par mille moyens à rappeler ses esprits, et faisant au médecin mille questions : Est-ce du sommeil ? est-ce de la défaillance ? Le médecin ne répondait pas. C'était bien du sommeil. Aveugles et ingrats que nous étions de ne pas reconnaître à ces traits « la fin des jus-

tes ! »˜ Ainsi finissaient les premiers
hommes ; ainsi s'éteignaient sans souffrance les patriarches ; ainsi Dieu les
recueillait dans son royaume. Avertis
de leur départ non par la douleur, mais
par les années, ils n'étaient pas vio-
lemment surpris par la mort, mais se
reposaient doucement après le travail.
Ainsi finissait mon parrain , rassasié
d'années , riche de vertus et confiant en
Christ. Avait-il le pressentiment de sa
fin prochaine lorsqu'il bénissait Théodore !!!..

O Abraham ! ô père de ma mère ! je
renouvelle sur ta tombe mon serment
de l'Évangile : jamais je ne désanobli-
rai le nom de Chrétienne , ce nom dont
tu m'as anoblie, et qui dans ta pensée
signifiait : Chasteté ! Sainteté ! Dévouement ! signifiait : tout ce qui est hono-
rable, tout ce qui est beau , tout ce qui
est sublime. Je serai chaste dans mes

sentimens. Je serai sainte dans mes pensées. Je serai dévouée dans mes actions. Là où l'infortune souffre et se plaint, je serai avec mon argent, avec mon cœur, avec Jésus-Christ. Par ton souvenir, par celui de ma mère, je deviendrai forte. Si j'allais faiblir, je penserais à vous, ô Abraham, à cette bénédiction dont vous m'imprimâtes le sceau, à votre bénédiction, ô père de ma mère ! homme de Dieu ! du ciel veillez sur moi, et je ne resterai point sans ami, et je ne marcherai point sans guide, et je n'agirai point sans conseil, et je ne flotterai point sans pilote, et je ne me lamenterai point sans consolateur. Des cieux, tant que je vivrai sur la terre, sois mon parrain, ô père de ma mère !....

LETTRE XXI.

*...., 1er janvier 1836.

Après les derniers devoirs rendus à
mon bienheureux parrain, et auxquels
prit part l'universalité des habitans
de **...., quelle que fût leur croyance,
imposant et sympathique cortége où se
mêla fraternellement le bon curé, son
vieil ami, à quelques pas du pasteur ;
après quelques jours accordés à la retraite et à la manifestation de nos justes
regrets ; après une visite dernière à la
tombe vénérée, sur laquelle je déposai
de nouvelles larmes et de nouveaux
sermens, nous avons quitté cette terre
désormais sacrée, et la famille de mon
oncle heureuse , dans sa douleur,

d'avoir si près d'elle les restes chéris.

Nous arrivâmes hier à trois heures. Durant la longue nuit du voyage, j'avais un seul tableau devant les yeux : mon parrain se penchant sur sa chaise et s'endormant au Seigneur. J'avais une seule pensée au fond de mon cœur : — Adieu pour un an, tombe sainte ! à chaque anniversaire je viendrai te dire Salut, et je t'arroserai de mes pleurs. Garde ton dépôt jusqu'au jour où il te sera dit : Ouvre-toi ! Que la religion des tombeaux te protége, et que, jusqu'à ce jour solennel, les descendans d'Abraham, s'inclinant tous les ans devant toi, tous les ans croient entendre se dresser les os du père de ma mère ! — Cette invocation m'absorbait quand le jour a paru, m'absorbait aussi quand mon œil a aperçu non loin mon toit et mon clocher. A cet aspect j'ai éprouvé quelque chose de vague et de mysté-

rieux, assez semblable à ce que je sentis, il y a vingt-un jours, en voyant fuir
derrière moi mon toit et mon clocher;
sentiment importun que mon ame repousse, et auquel mon cœur n'ose demander : Quel est ton nom ? Plus nous
approchons, plus ce sentiment se dé-
masque et se dessine. En descendant de
voiture, je crois apercevoir..... Aime-
rais-je encore? Souvenir d'Abraham,
mémoire de ma mère, sermens de l'É-
vangile et de la tombe, à mon secours !
Ayez pitié de ma faiblesse, Dieu de mon
ame !

Dans la maison paternelle une scène
imprévue nous attendait : mes jeunes
amies, mes petites filles de l'école du
dimanche, rangées sur deux lignes, et
derrière elles leurs nombreuses mères,
le vertueux pasteur et sa digne épouse,
ont salué ma bien-venue par le chant
de vers pleins de sentiment et de piété,

Réception tout-à-fait gracieuse ; et, ce qui fut plus gracieux encore, elles se suspendirent l'une après l'autre à mon cou. Ce tableau émut tout le monde, arracha des pleurs à mon père, fit plaisir à ma tante, enchanta mon frère et..... m'accabla. Quel contraste entre ces jeunes filles et moi ! entre ce qu'elles me supposent et ce que je suis ! entre la tranquillité de leur ame et le trouble de mon cœur ! En les serrant, je pleurais à chaudes larmes..... On crut, elles crurent que c'était d'émotion en les revoyant, et du regret du père de ma mère..... Hélas ! je ne méritais point une si flatteuse supposition. Malgré moi et en rougissant je me rappelai le Sauveur, lorsqu'il dit : « Laissez venir à moi les petits enfans, » et qu'il les bénit..... Je n'osai point bénir mes petites amies, de crainte que ma bénédiction ne leur portât malheur. O foyer paternel ! pourquoi vous ai-je revu ?

Cette réception toute chrétienne terminée, chacun se retire, et nous allons, nous, prendre du repos. Mais je n'en ai point trouvé, moi, je n'ai pu dormir. Toutefois les fatigues de la veille avaient appesanti mon corps, et la nuit m'a été assoupissante, et toute remplie de rêves désordonnés, incohérens, sans suite et sans trace. Avant le jour mon esprit s'était éclairci ; mes pensées étaient lucides, et je craignais de les fixer sur l'état de mon cœur, et je n'osais les faire pénétrer dans mon ame. Que veut de moi cette nouvelle année? Que me présage ce jour morose? Mon soleil est triste et pâle, mes événemens de la journée ont été malheureux, et mon avenir..... Je ne sais qu'en croire. Je ne vois pas mon horizon. Cependant aux premières clartés de la lumière j'ai eu ce matin à mon lever un instant la joie au cœur, ce soir en t'écrivant à mon coucher j'y ai la détresse.

Je te salue, disais-je, ô nouvel an que l'Éternel m'alloue ! A son appel d'aujourd'hui j'ai répondu : PRÉSENTE. Que de créatures, couchées dans le muet sépulcre n'ont pu dire : NOUS VOICI. Et comme à l'appel de chaque année un grand nombre est absent. A TOUS, depuis le premier an jusqu'à celui qui commence, UN SEUL ÊTRE a été présent, CELUI qui ÉTAIT, qui EST, qui SERA, qui donne audience aux siècles, revêtu de majesté comme d'un manteau flottant, et qui, du haut de son trône environné de chérubins aux ailes flamboyantes, entend le monarque après le pâtre et « pèse les montagnes au crochet, et les coteaux à la balance. » Jour de reconnaissance et de repentir, d'engagemens et de vœux, disais-je ensuite, sois-moi propice ! Que de grâces descendues des cieux sur ma tête durant l'année qui n'est plus ! et pour ces grâces que de gratitude à sen-

tir ! Ma gratitude est dans mes engagemens et mes vœux : Engagemens « de
t'offrir, ô Éternel, mon corps en sacrifice vivant et saint. » Vœux pour que
tu me « rassasies chaque matin de ta
bonté! » Oh! que mon père soit heureux, que mon frère soit saint! et que
je sois sainte! « Tu parlas à Moïse, en
disant : Au premier jour du premier
mois, tu dresseras le pavillon du taber-
nacle d'assignation. » Tu veux donc que
nous parfumions de vœux ce jour, que
tu as doré d'espérances !....

J'ai élevé à Dieu cette méditation et
cette prière sans distraction et sans
trouble. Étonnée de mon état tranquille et pieux, je me suis jetée dans
les bras de mon père sans voix et sanglotante. Dans mon silence et mes
sanglots, il y avait ma mère, Abraham,
et mon mois de décembre. Mon père
me comprit. Son regard, son presse-

ment de main me dirent qu'il m'avait comprise, et son cœur me soupira des souhaits. J'étais moins calme déjà. Dans ce moment entre mon frère, et nous nous embrassons avec délice, car nos baisers étaient remplis de franchise, et empreints de fraternité. Nous sortons tous les deux pour aller saluer ma tante qui devait nous accompagner ensuite, présenter ses vœux à son frère, et passer avec nous toute la journée dans les épanchemens de notre ardente et pure affection. Elle nous accueille avec une véritable tendresse. Nous parlons des dernières épreuves de la famille, c'est-à-dire de la mort d'Abraham, et mon frère et ma tante en étaient plus que de coutume attendris. — Moins imprévu, ce coup aurait été moins sensible, dit-elle. — En effet, ai-je continué tristement, quoique résignée à la volonté du Seigneur, dont les joies mystérieuses

sont toujours pleines de sagesse et de
bonté, j'eusse aimé cependant à veiller
dans son lit d'agonie mon vénéré parrain ! J'eusse aimé à essuyer la froide
sueur de son front ! à soulever sa tête
endolorie ! à lui présenter le breuvage
calmant ! à lui lire la sainte parole en
consolation plus calmante que le breuvage ! à prier avec lui ou pour lui, et à
lui faciliter le passage de la vie à la
mort, en saluant d'un adieu d'amour
son ame partant pour le ciel !! Voilà ce
que j'eusse aimé ! Toutefois non point
ce que j'aurais voulu, mais ce que tu
as voulu, ô Éternel ! — Sans doute, sans
doute, mais nous aurions aimé, nous
deux, reprit-elle en me montrant Auguste, le voir dans ces momens suprêmes, où l'ame n'est plus aigrie par les
souvenirs de la terre, quelque belle et
pieuse qu'en soit la nature, où l'intelligence se détache des croyances intolé-

rantes, et où le cœur abjure tout sentiment étroit. Nous aurions aimé lui dire, ne te fâche point, ma chère, qu'il devait, lui, te convaincre que ta résistance à nos ardens désirs n'est point fondée sur la vraie piété. Auguste, et Abraham l'eût permis, se fût jeté lui-même aux pieds de son lit, et lui eût dépeint ses convictions protestantes, et ses intentions généreuses avec tant de candeur et d'ame, qu'il fût devenu éloquent et persuasif à force de bonne foi, et qu'Abraham l'eût relevé peut-être, et lui eût pris la main pour la poser dans la tienne. Hélas ! son trépas subit à déjoué nos plans et renversé nos espérances. Le pauvre jeune homme ! S'il t'a rendue malade par sa noble persistance, tu le feras mourir par ton opiniâtreté entêtée. Et ne crois pas que j'exagère; les ames d'une telle trempe sont rares. — Brisée par ce discours,

auquel j'étais loin de m'attendre, je n'ai
su d'abord que répondre. — Ma tante,
mon frère! que vous a recommandé
mon père, et que m'avez-vous promis?
D'ailleurs avant votre arrivée chez mon
parrain, je lui fis sur la Bible d'un mou-
vement spontané le serment de ne jamais appartenir à Auguste; ce serment,
je l'ai renouvelé sur sa tombe; ce serment, je le tiendrai. Du fond des tombeaux une voix me crierait : ANATHÈME!
Du haut du ciel une voix me crierait :
MAUDITE! Oui, je le tiendrai, mon serment. — Ah! tu as fait un serment! Je
ne m'attendais pas à une précaution
semblable. Mais Dieu peut-il l'avoir en-
registré, ce serment téméraire? Abraham s'informera-t-il si tu es fidèle ou
parjure? De tels sermens doivent-ils
lier? Serais-tu éprise de quelque protestant dévot, de quelque jeune pasteur?....
Il faut que cela soit, car tu ne serais

point insensible devant Auguste, et tu l'aimerais infailliblement, si tu n'en aimais un autre. — Ma tante, n'abusez-vous pas de vos droits de sœur de mon père ! — Puisque tu le prends sur ce ton, répliqua-t-elle avec un peu de dépit, je ne t'en reparlerai pas, Auguste mourra, voyagera, se guérira, et Mélanie sera contente. — Ces derniers mots élargirent ma blessure, que je sentis s'agrandir davantage, mais bien davantage, mais extraordinairement à la vue des grosses larmes qui roulaient sur les joues de Théodore. Ne mérite-t-il aucun intérêt celui qui en inspire tant à mon frère? O Théodore, si tu lisais dans mon ame !!....

Étourdie, abattue, je m'achemine machinalement avec mon frère et ma tante vers notre maison où nous attendait mon père. Mais je n'avais plus la joie au cœur, ils avaient décoloré mon jour de l'an.

Nous y trouvâmes une de nos bonnes amies que tu connais, madame Émile. Elle est aujourd'hui ce que tu l'as toujours vue. Age et caractère de ma tante. Une seule différence : ma tante ne s'est point mariée. Après les complimens de bonne année, non pas complimens d'usage et sans valeur, mais purs et sortis de cœurs sincères pour entrer dans des cœurs aimans et dévoués, elle m'a dit : — Que je te félicite, ma fille, de ta manière de voir, de ton bon jugement ! Je puis ici parler comme en famille : eh bien ! ce que l'on t'a chanté en faveur d'Auguste, on me le chantait en faveur d'Émile. Assurément Émile est un excellent mari, qui ne me contrarie en rien dans la pratique de la religion que m'a donnée la naissance, et qui d'ailleurs ne tient pas personnellement au catholicisme. C'est égal. Il m'avait assuré que nous recevrions du pasteur la bénédiction nuptiale, j'attends encore qu'il s'y décide, et aucune prière solennelle n'a été faite pour nous. Notre premier-né fut baptisé catholique parce que c'était un garçon. Un an plus tard nous eûmes une fille, et au bout de deux ans une seconde, elles furent aussi baptisées catholiques, quoiqu'elles ne fussent pas des garçons. Endoctrinées par leurs tantes, elles ne veulent jamais convenir que je puisse être sauvée. Il y a dix ans nous perdîmes notre pauvre fils..... Oh! que ma position fut déplorable!!.... Je ne saurais assez le dire. Avant sa mort que de cérémonies auxquelles j'étais complètement étrangère, et ne comprenais rien. Après sa mort des cierges, des chants, des formules qui ne disaient pas plus à mon oreille qu'à mon cœur, et dont Émile pensait comme moi. Mais il le faut, me dit-il, pour le public, pour mes sœurs. Et depuis, et tous les

jours, des tiraillemens avec mes filles !
C'est au point, ma chère, que je pouvais faire de ma troisième une protestante, et que je refusai..... C'était trop
de mon opposition, sans perpétuer l'opposition parmi les miens; c'est au point
que je serais presque tentée de devenir
catholique, s'il n'était honteux de changer de religion, tant ma situation m'attriste et me gêne, m'est insoutenable
même lorsque je suis malade. Tu sais
que je le fus l'an passé d'une manière
très-sérieuse, mais ce que tu ne sais
point, c'est que mon lit devint comme
une place assiégée, dont on n'osait pas
éloigner le pasteur, mais que l'on puri-
fiait de sa présence dès l'instant qu'il
était sorti, et devant laquelle on dressait
toutes sortes de batteries. On craignait
pour mes jours, on craignait pour mon
ame, et par leurs instantes propositions
d'appeler un prêtre, mes filles trou-

blaient, à bonne intention sans doute,
ce qu'elles croyaient être mes derniers
momens..... Ce fut au point..... C'est au
point, te dis-je, que je serais devenue,
et que je serais presque tentée de devenir catholique, s'il n'était honteux de
changer de religion (1). Ne t'y trompe

(1) Dans toutes les paroles de madame Émile, l'on voit
avec douleur que la religion n'est point à ses yeux la chose
seule nécessaire. Madame Émile est une protestante de
nom. Un croyant ne pense pas qu'il soit honteux de changer de religion, lorsqu'on n'obéit point, comme elle était
presque tentée d'obéir, au besoin d'être plus à son aise
dans sa famille, ou, comme d'autres, à l'ambition, à l'ava-
rice, à la vanité; mais à la conviction de l'esprit, à l'entraînement de la conscience, au besoin de l'ame. Dans ce
dernier cas, non-seulement le changement de religion n'est
point honteux, il est glorieux et saint, quelquefois même
courageux, héroïque. Un changement de religion est une
affaire de probité, d'honneur, et il est surprenant que les
mêmes personnes qui demandent de la franchise dans les
démonstrations littéraires et politiques, s'en passent et la
proscrivent dans la religion qui ne peut pas plus se passer
de la franchise que nos poitrines de l'air. Savez-vous pourquoi l'on dit que le changement de religion est honteux?

point : dans les grandes villes les protestans peuvent gagner à de semblables
alliances ; dans les nôtres nous perdons
toujours. Consulte toutes les personnes
de ma position, elles te diront comme
moi. Oh! ma chérie, que je te félicite!
car bien que je ne me pique pas d'avoir
ta dévotion, il coule un peu de sang

parce qu'on manque de religion. Et voici ce que l'on dirait
si l'on avait la foi, si « l'on vivait de la foi. » — Ma
croyance évangélique me fait du bien, elle peut seule
m'en faire. Aussi je la proclame par-dessus les toits, et,
pour la faire accepter de tous les hommes, je donnerais
ma vie, leur criant qu'ainsi qu'à moi, seule elle peut leur
faire du bien. Et j'ai des transports pour tous ses triomphes, j'ai des deuils pour tous ses revers. Est-ce là de
l'indifférence religieuse ? Toutefois je me dis qu'il n'est
pas impossible que la croyance évangélique des autres,
différente de la mienne, convienne à leurs esprits différens
de mon esprit, réjouisse leurs cœurs différens de mon
cœur, c'est-à-dire, leur fasse du bien, et je ne les damne
jamais, et je les aime comme des frères. Que leur amour
réponde à mon amour ! ! Est-ce là de l'intolérance religieuse ?

(Note de l'éditeur de ces lettres.)

protestant dans mes veines, et certes il ne faudrait pas avoir vu, avoir connu, avoir entendu le protestant Abraham, pour ne pas aimer le protestantisme.

Ainsi madame Émile, malgré son ton insouciant et léger, me faisait considérer la question sous des aspects nouveaux, généraux et particuliers qui, résultat d'une expérience non suspecte d'un protestantisme exagéré, me frappèrent beaucoup, ceux principalement qui me montraient les mariages mixtes comme la ruine lente de notre nationalité protestante (1). Je la remerciai sin-

(1) Les craintes de Chrétienne sont exagérées sans doute. Au protestantisme appartient l'avenir de la France, car au protestantisme, c'est-à-dire au *christianisme primitif*, ce qui est la même chose, appartient l'avenir du monde. Les masses sont entraînées vers nos principes. Est peu clairvoyant qui ne le voit pas. Mais il est très-vrai que les mariages mixtes ruinent la nationalité protestante de certaines églises particulières. Et voici comment : un pasteur, un consistoire, de quelque zèle qu'ils soient enflammés pour la communion réformée, ne pourront, sous

cèrement par une inclination, et j'osai
dire à ma tante avec un peu de malice, j'en conviens : — mais..... vous ne
m'avez pas tout-à-l'heure, pour me per-
suader, cité l'exemple de madame Émile.
— Ma tante prit assez bien la chose,
tandis que mon père : — Comment, ma
sœur, vous auriez encore obsédé Chrétienne! Ma volonté avait été cependant
assez formellement exprimée. Je pré-

peine de n'être plus de la religion réformée, que tenir le
langage de la note page 139. Tandis qu'un prêtre pourra dire
dans le confessionnal à son pénitent, à sa pénitente : Votre
salut est dans mes mains, j'en dispose à mon gré. Je condamne ou j'absous. Si vous *gagnez l'ame* de votre époux,
ou de votre épouse, ou de vos enfans, je prononce
l'absolution, sinon je la retiens, et, comme eux, vous
êtes damnée, vous êtes damnée. Que nous contestions
ce droit sur humain à tout homme, et que nous le refu-
sions pour nous, personne n'en doute, et qui en douterait
pourrait s'en convaincre à la page 193. Mais le pénitent
catholique, mais la pénitente catholique le reconnaissent.
Et alors point de milieu : il faut sauver cet époux, cette
épouse, ces enfans qui se damnent, ou être damnés avec
eux. L'on conçoit tout ce qu'il y a de pénible et de

tends que Chrétienne soit tout-à-fait li-
bre, et, je le déclare, elle ne sera jamais
la femme d'Auguste. N'est-ce pas, ma
fille, que mon amour te suffit, et que
je te suis père, mère, époux? Tu me l'as
si souvent répété! — Oh! comme en ce
moment j'aimai mon père! Je posai contre son visage, mon visage rouge, enflammé. Lui seul avait le secret de ma
rougeur. O malheureuse! faudra-t-il

coërcitif dans cette alternative, proposée surtout à des
esprits faibles, à des cœurs timorés. Si tous les esprits
étaient éclairés et forts, si tous les cœurs étaient chrétiens
d'une manière à la fois raisonnable et pieuse, ce serait
autre chose, et, dans ce cas, je n'aurais point publié
Chrétienne. D'ailleurs ce titre, de préférence à celui de
Protestante, indique suffisamment l'ampleur dont je
souhaite que les questions religieuses soient bientôt re-
vêtues. Et par qui Chrétienne a-t-elle été chargée de son
immense nom? Par ce même Abraham que Théodore et
d'autres peut-être appellent tout haut *puritain*, et tout
bas *fanatique*, parce qu'il raconte les infortunes protestantes, qu'il a vues et en partie souffertes, avec une rancune
bien légitime, si pour un chrétien la rancune peut l'être.
(Note de l'éditeur de ces lettres).

toujours feindre, quand la dissimulation m'est odieuse et me tue autant que mon infâme amour.

Madame Émile s'est levée, et a dit à mon père : Je vous ai parlé comme en famille, vous avez fait comme moi, votre sœur vous est tant attachée ! Qu'il ne soit plus question de rien. Embrassons-nous encore en signe de bonne intelligence et allons au temple. Ne gâtons pas notre jour de l'an.

Le mien était déjà bien décoloré. Le pasteur lui rendit ses couleurs matinales. Et sa prière qui résumait si parfaitement notre histoire à tous durant l'année disparue dans le gouffre de l'éternité, nos fautes, nos deuils, nos besoins, nos promesses ; et ce texte : « Rassasie-nous chaque matin de ta bonté ! » pris au psaume 90, et que j'avais déjà fait monter à l'Éternel comme le premier vœu de mon cœur; et ces frappantes pensées :

Rassasie-nous chaque matin de ta bonté 1° dans nos familles — prospérité domestique; — 2° dans notre patrie — prospérité civile; — 3° dans nos temples — prospérité religieuse; — pensées dans le développement desquelles l'éloquent pasteur fut si *tendre* pour la première, si *patriote* pour la seconde, si *chrétien* pour la troisième, ou pour mieux dire si chrétien pour toutes les trois; et cette belle terminaison de son beau discours, qui est celle du même psaume : « Rassasie-nous chaque matin de ta bonté, afin que nous nous réjouissions, et que nous soyons joyeux tout le long de nos jours. Réjouis-nous au prix des jours que tu nous as affligés, et des années auxquelles nous avons senti des maux. Que ton œuvre paraisse sur tes serviteurs, et ta gloire sur leurs enfans. Et que le bon plaisir de l'Éternel soit sur nous, et dirige l'œuvre de

7

nos mains, oui, dirige l'œuvre de nos mains ! » A cela joins, mon amie, le chant du cantique XII qui *consacre* si solennellement au *père d'éternité*, *cette nouvelle année* aussi fugitive que ses sœurs, et tu croiras mon jour de l'an réhabilité. Oui, Évangéline, il l'était, et mon soir eût été aussi beau que mon matin, si, à la sortie du temple, je n'avais vu..... Misérable que je suis, qui me délivrera de ce corps de mort? Elle est bien impressionnante, sa vue ! Il est bien puissant, son regard ! Si je ne l'avais aperçu à mon arrivée, j'eusse été aussi tranquille que chez Abraham. Si je ne venais de le voir, les impressions de madame Émile et du culte auraient effacé celles de ma tante et de mon frère qui a pleuré sur son ami..... Où sera donc le lieu de mon repos? Asiles solitaires! murs silencieux ! je vous invoque. Retraite paisible, où le cœur s'épure

toujours plus dans l'oubli du monde,
où rien de terrestre ne bat sous lui, où
tous ses vœux sont pour le ciel et tous
ses soupirs pour le Seigneur, où tous
ses plaisirs sont purs, où toutes ses joies
sont saintes, où l'ame s'élève à Dieu par
un effort facile, et vit dans la société
des élus et des anges, retraite paisible!
ouvrez-vous à une ame battue de la tempête!!! Dans votre sein je prierais pour
lui, car je le plains pour la terre, car
je le plains pour le ciel. Je prierais pour
qu'il fût heureux selon les hommes,
pour qu'il fût heureux selon Dieu! Et
je ne rougirais point de mes prières, et
je n'aurais pas honte de mes souhaits!
Invisible à son regard, perdue pour lui,
inaccessible au monde, j'oserais, asile
solitaire, te dire son nom! Murs silencieux, vous parler de lui! Dieu saint et
jaloux, t'en parler à toi-même! Et je te
dirais : — Bénis-le, tourne son cœur à

toi, fais-lui connaître la vérité, fais-le
croire. — Là, je ne t'en dirais pas davantage. Ici, je te dis : — Je l'aime ! je
l'aime ! — Ensuite je te prierais pour
mon frère, je te prierais pour mon père,
et tu les bénirais !.... Solitude du cloître !
eh bien ! c'est donc toi qu'il me faut.
Ton nom seul faisait mal à mon cœur
protestant..... Un cloître !.... Oui, mais
un cloître où l'on est chrétien, un cloître où l'on n'invoque que l'Éternel au
nom de son Fils unique, au nom de
Jésus-Christ !!... Il me semble que j'y
serais heureuse, à l'abri de ces alternatives de bons et de mauvais désirs, de
conseils sages et insensés, et de ces regards qui tuent. Il me semble que mon
cœur y serait avec son vrai trésor..... Il
me semble..... Ah ! je me fais pitié, je me
fais horreur. Évangéline, prie pour moi
et viens.

LETTRE XXII.

2 janvier.

Qu'ai-je appris tout à l'heure ?.... Absente, je n'étais pas au courant des solennités de Noël, et des communions qui en sont la suite ordinaire. Ou plutôt, ô crime, ô honte ! je n'y avais point réfléchi. Auparavant je faisais ma vie de ces réflexions. Aujourd'hui !.... Mais on vient de me l'apprendre : à demain le troisième repas auquel Jésus-Christ nous convie, à l'occasion de sa nativité. Cette nouvelle, dans un autre temps, m'eût comblé de béatitude, et je tremble..... et je recule..... comme si Jésus venait à moi dans l'eucharistie escorté de fureur..... Traînerai-je au-devant de lui dans la salle des noces le poids d'une conscience irrésolue et murmurante ! Mon cœur tout consumé par un feu criminel, pourra-t-il s'allumer de la flamme céleste ! Recevrais-je les vénérables symboles dans une ame agitée par une foule de pensées si contraires à ce qu'ils réclament?.... Suis-je prête?.... Dans mes époques pieuses, incessamment je l'étais. Ma préparation à la communion, comme à la mort, était une préparation non de quelques jours, de quelques heures, de quelques instans, mais de chaque instant, de chaque heure, de chaque jour, une préparation de toute l'année par la prière et la foi..... Comme à mourir le chrétien doit toujours être prêt à avoir communion extérieure avec Dieu, de même qu'il est intérieurement avec lui en communion incessante..... Ainsi j'étais. Comment suis-je maintenant ?.... Cette communion me semble de trop, à moi qui trouvais les communions si rares!! Je repousse les grâces du ciel, je ne veux pas de ses biens, « je n'y prends plus de plaisir. » Mes goûts sont tout terrestres ; mes plaisirs tout profanes. Cependant mon éloignement de la table sainte, que signifiera-t-il pour mes frères? Qu'en pensera le fidèle pasteur? Combien en gémira son ame paternelle! Comme son noble front va pâlir! Comme ses yeux vont me chercher, tristes et parlans !.... Mais lorsqu'il prononcera les redoutables paroles, lorsqu'il dira d'un ton si grave, de ce ton qui fait frissonner : — « Que chacun s'éprouve soi-même, et qu'ainsi il mange de ce pain et boive de cette coupe, car quiconque en mange et en boit indignement, mange et boit sa condamnation, ne discernant pas le corps du Seigneur. — A ce langage inspiré, à ce discours des cieux..... que

deviendrait ma pauvre ame ?.... Non!
non! indigne! indigne! Dans le saint
temple je ne verrais qu'un seul être,
je n'entendrais qu'une voix..... En rece-
vant les signes augustes, je l'entendrais
cette voix, je le verrais cet être! Je le
verrais réfléchi par les assiettes sacrées,
je le verrais dans la coupe, je le vois
partout..... Et néanmoins depuis sa première, sa seule visite d'amant, je ne
l'ai aperçu que deux fois, et je n'ai de
lui que quelques mots..... Tant de pri-
vation irrite mon amour, tant de contrainte l'aigrit..... Je veux les relire, ces
mots, je veux les dévorer..... O regrets!
Je ne les ai plus. Tu les as, Évangéline!..... En t'adressant mes lettres,
j'étais donc bien différente, bien coupable envers mon amant. — Mais l'a-
mour s'est vengé. Il a justement puni
mon ingratitude..... Ces mots..... je donnerais, pour les ravoir, toute la terre,

tout le ciel, je donnerais mon ame. Je
n'ai donc rien de mon amant!.... Si Abraham n'eût expiré si vite, mon frère et ma
tante lui auraient parlé; il aurait parlé
lui, comme tu sais..... comme tu ne sais
pas — à dix-huit ans avait-il cette belle
tête, ce regard rayonnant, ce geste d'une
expression qu'aucune voix ne supplée,
cette voix aux échos dont aucun bruit ne
distrait..... — Oui il aurait parlé comme
tu ne sais pas qu'il parle..... et peut-être
je l'aurais déjà..... Je l'aurais, mon
amant! je l'aurais! Et je ne l'ai point,
et je n'ai rien de celui qui m'a tout
entière. J'aimerais qu'il le sût. C'est
trop de gêne. Je veux qu'on me
connaisse, qu'on ne m'admire plus,
qu'on ne m'honore plus, qu'on ne
m'aime plus, pourvu qu'il m'aime, et
qu'il sache qu'il est aimé. Il n'est pas
protestant! Mais le suis-je encore!!...
Qu'est ma religion? antipathique. Mon

7 *

protestantisme? odieux. Mes souvenirs?
abhorrés. Et mes sermens? maudits.
Était-il besoin de réformer l'église ?
Fallait-il donc multiplier les haines,
les déchiremens, les obstacles aux sentimens les plus naturels, les plus légitimes? Fallait-il enfanter tant de nouveaux
malheurs? Était-il besoin de réformer
l'église? Avait-il même été besoin de
l'établir?.... De doute en doute je ne
suis plus rien, je ne crois plus à rien.
Tout est fausseté, tout est mensonge
dans le christianisme. Rien n'y attire.
Tout en éloigne. Rien n'y est prouvé,
rien que sa source terrestre et empoisonnée. Je n'y veux plus croire. Et quel
avantage m'est-il revenu de tant de
foi, de tant d'œuvres, de tant de dévouement?.... Je ne crois plus qu'en
Auguste, rien ne m'est prouvé que son
amour. Dis, Évangéline, ne me l'a-t-il
pas assez, ne me l'a-t-il pas trop dé-

montré?.... Cette nuit glaciale! ce voyage de quatre jours pour me voir passer!
Ces mots magiques! Cette persévérance
à se trouver sur mes pas, lorsque je vais,
lorsque je viens, toujours, partout!... Dis,
Évangéline, n'est-il pas tout..... tout ce
que rêve un cœur de fille? N'est-il pas
adorable?.... Évangéline, garde toutes
mes lettres, anéantis toutes mes lettres
si petitement scrupuleuses, mais rends-
moi, rends-moi de suite ces mots. Je les
veux. Je meurs si tu retardes. Rends-
moi ces mots, et ne viens point. Mes
bras ne sont plus dignes de tes bras,
mes yeux de tes yeux, mon sourire de
ton sourire, ni mon cœur de ton cœur.
Je n'aime plus que lui. Peu m'importe
que l'on dise : — Chrétienne a flétri
ses dix-huit ans de gloire sainte. Chrétienne, qui enseignait les autres, n'a
pas su s'enseigner. Chrétienne a dégradé, dégradé son nom, trompé son par-

rain, sa mère, son Dieu, et trahi ses
sermens! Peu m'importe que les petites
filles soient ébranlées, renversées
même de ma chute, que le pasteur mène deuil, et que la catholique Mélanie
triomphe et se réjouisse de mon humi-
liation protestante! Que sont mes sermens, et mon Dieu, et ma mère, et mon
parrain, et mon nom, et ma réputation,
et ma gloire, et les petites filles, et le
pasteur, et la jubilation de Mélanie,
devant toi, mon amant!.... Je voudrais
que tu fusses malade à la mort, d'une
de ces maladies, que tout le monde
craint, dont personne n'approche ; je
voudrais respirer ton haleine mortelle,
et tomber avec toi dans les profonds
abîmes, puisque je ne puis être à toi
que par le parjure, et qu'en entendant
gronder : Anathème, anathème!.... Il
y aura de la joie..... aux enfers.

LETTRE XXIII.

ÉVANGÉLINE A CHRÉTIENNE.

Lyon, 5 janvier.

Pourquoi deux cœurs, qui ont besoin l'un de l'autre, sont-ils condamnés à la séparation ! Sont-ils destinés
à l'éloignement?.... Épreuve la plus
dure dans cette terre d'épreuves, de
se dire malgré soi : — Je ris, l'autre
pleure peut-être. — Ainsi le veut le
Seigneur. Je n'en murmure point, mais
je l'ai senti..... Je l'ai senti surtout,
meurtrie et *dolente* Chrétienne, quand
j'ai reçu ta correspondance, et que je

l'ai lue avec anxiété. Dès l'entrée l'allure
de ton amour m'effrayait, et à mesure,
tristement je le voyais s'accroître, malgré tes efforts pour te le cacher ou pour
le vaincre. Avec quelle satisfaction de
piété, avec quel orgueil protestant je
t'ai admirée dans la peinture de tes
premières sensations, plaidoirie du
cœur si touchante et si forte contre les
mariages mixtes; dans ton songe, digne
de l'envie des anges; dans ton recours
à Abraham, et dans tes sermens sublimes!.... Comme, en te lisant, j'étais
fière d'être ton amie, fière et triste à
la fois! Ton perfide amour, alimenté
avec un esprit de suite et d'à propos,
me faisait trembler pour ton âme si
délicate, si sensible, si profonde, et
telle qu'un premier soupir décide à
jamais de son sort, si la foi l'aban-
donne..... Mais, chose qui te surpren-
dra, c'est lorsque tu désespères, que

seulement j'ai espéré, c'est lorsque tu
as beaucoup craint que j'ai cessé de
craindre. La fin de ta lettre xxie, où tu
implores un cloître, m'a fait voir la fièvre et la déraison de ton amour, or, la
fièvre ne dure pas; ta lettre xxiie m'en
a manifesté la crise et l'extravagant
désordre, ou plutôt la rage, or les crises
sont courtes, et de la rage on ne tarde
pas à guérir ou à mourir..... J'avoue
que je ne m'attendais pas, en poursui-
vant ma lecture, à voir sitôt sortir
de tes entrailles ces laves bouillon-
nantes, quoique je dusse prévoir que
la compression produirait l'explosion ;
et qu'échappées à leur prison, les tempêtes seraient terribles pour déraciner ;
fracasser et détruire. Je ne veux point
te prêcher. Je n'en ai ni la volonté, ni
le temps. Mais je pars dans quelques
heures et presque aussitôt que ces lignes, je suis devant tes yeux dignes de

mes yeux, je me repais de ton sourire
digne de mon sourire, je tombe dans
tes bras dignes de mes bras, et je repose
sur ton cœur digne de mon cœur. Ensuite tu appuieras ta faiblesse sur ma
poitrine palpitante ; mon amitié te
paiera ses arrérages par un surcroît
de dévouement ; nous consulterons ensemble un Médecin qui nous est connu,
à qui nous sommes chères ; à genoux
nous implorerons ta guérison avec une
foi véhémente, avec des paroles de
l'ame, avec des soupirs du cœur. Il
DIRA UNE PAROLE, ET TU SERAS GUÉRIE.

LETTRE XXIV ET DERNIÈRE.

CHRÉTIENNE A ÉVANGÉLINE.

*...., 4 avril 1836.

De mon étonnante péripétie, toi seule ne seras point étonnée, car tu l'as prédite..... Pieuse amitié ! Pour te faire traverser, sans te flétrir, les jours nébuleux, ainsi le ciel t'accorde le don des oracles!!

Tu avais raison, Évangéline. De la rage on ne tarde pas à guérir ou à mourir. J'en jetais encore sur le papier la bave visqueuse et empoisonnée, que le pasteur parut. Un instant après entra la sœur de mon père. Frappé de mon absence du temple, un jour de communion, habitué qu'il était à ce que ma présence ne manquât à aucun dimanche ordinaire, le saint ministre me crut malade, et à l'issue du service divin, il voulut s'en assurer par lui-même. Dans le même but, à la sortie du temple, ma tante était venue à moi; et la première: — Tu dois être bien souffrante, d'avoir fait faute à une communion, et tu as été sans doute fort contrariée. Qu'as-tu donc, chérie? Dis-le nous. Une pensée me console pourtant: peut-être ce n'est point la maladie, mais la bienséance qui t'a interdit la cène; elle est encore si peu éloignée, la mort de ton parrain bien-aimé. — La fin de ce langage allait recevoir une réfutation du pasteur, que j'osais regarder à peine, quand un nouvel accès

dont je ne pus être maîtresse le pré-
vint, et je m'écriai : — La bienséance !....
En d'autres temps tout événement malheureux me faisait au contraire embrasser plus fortement les autels, au lieu de
m'en éloigner. Quand ma mère mourut, les communions publiques venaient
d'avoir lieu, et j'implorai de vous, pasteur que je vais désoler, une communion pour moi, pour moi seule ; ma
douleur filiale en avait besoin et en fut
adoucie. Mais maintenant indigne ! indigne ! au banquet de l'agneau, je
n'aurais pas eu ma robe blanche, la robe
de noces. Je ne vous aurais pas vu, je
n'aurais pas vu Jésus-Christ, je n'aurais
vu que *lui*. Je ne vous aurais pas entendu, je n'aurais entendu que *lui*,
et j'ai tremblé, et je n'ai pas voulu
manger et boire ma condamnation !!!
Mais... je n'en suis pas moins condam-
née..... J'ai tout maudit, vous, mes sou-

venirs, mes sermens, ma foi, mon ame
et mon Dieu! Vous ne devez plus m'é-
couter. Vos oreilles seraient meurtries.....
Allez-vous-en, et laissez-moi avec mon
amour effréné, avec ma haine du ciel,
avec mes rires de l'enfer.

L'infortuné pasteur pencha sa tête
dans ses mains, en signe de surprise,
d'accablement et..... de désespoir, s'il
n'eût été profondément religieux. Hélas!
mon plus précieux ornement! mon
plus brillant joyau! L'orgueil et la joie
de mon église! Une ame si tendre, si pieuse, si douce! maintenant si aigre, si
rude, si sacrilége! Que t'ai-je fait, ô mon
Dieu, pour un tel châtiment? O ruines
de Sion, je vous vois entraînées par
cette ruine! Comment les faibles res-
teront debout, quand les forts, quand
Chrétienne.....—Ce n'est plus mon nom.
De la part de l'Eternel, Osée changea
l'heureux nom d'Israël, en celui de
Jisréhel, nom sinistre. De même Satan

m'a rebaptisée : je m'appelle Lo-Rhuama, c'est-à-dire maudite. Mon père,
vous direz tout au pasteur! Mon frère,
tu diras tout à ton ami, tu lui diras
que je l'aime!!! —

Cela se passait le 3 janvier, et le 20
seulement j'ai su qu'après *tu lui diras
que je l'aime!!!* j'étais tombée froide et
sans souffle. Le 20 seulement à mon
chevet, je t'ai vue, Évangéline! et j'ai
eu honte, car en une seconde, toutes
mes circonstances ont passé devant
moi..... Mais tu as été joyeuse quand
mon œil s'est ouvert! Arrivée de Lyon
depuis douze jours, depuis douze jours
tu veillais l'instant où cesserait mon délire. Évangéline! tu étais bien changée,
bien pâlie. — C'est que pendant tout
mon sommeil léthargique tu n'avais
point dormi. Et tu m'as dit que chaque
jour, à chaque heure, à chaque minute,
à chaque seconde, tu tremblais pour

mon existence qui semblait près de
finir. Tu m'as dis qu'incessamment et
avec de violens efforts je répétais :
Abraham ! Auguste ! ma mère ! ciel ! enfer ! joie ! maudite ! Lo-Rhuama ! Lo-
Rhuama ! Que je repoussais tes mains
toujours occupées à introduire dans ma
bouche rebelle, la douce et cependant
odieuse boisson ; à essuyer mon abon-
dante sueur ; à recouvrir mes bras im-
patiens de tout ce qui les couvrait ; à
arrêter sur mes lèvres une expression
impie ; et que cependant, tout en ver-
sant sur moi des larmes amères, tout
en tremblant pour mon existence, tu
ne tremblais pas pour mon salut.
Merci, mon amie, comme de mon rêve
saint et délicieux ; à mon réveil, tu m'as
souri comme m'avait souri mon rêve.
Merci, mon amie, de n'avoir pas désespéré de mon salut ! En me voyant, en
m'entendant une amie seule pouvait es-

pérer, et il fallait que cette amie me
connût, comme tu me connais, il fallait
que cette amie fût toi. Le pasteur espé-
rait aussi, m'as-tu dit encore, et il priait
avec toi, et tu priais avec lui, lorsque
s'exhalait mon délire. Merci, pasteur
compatissant !

Mais revenue à moi, je craignais ! je
tremblais ! je désespérais !! « J'avais
abandonné l'Éternel, j'avais irrité par
mes mépris le Saint d'Israël, je m'étais
retournée en arrière..... J'avais ajouté la
révolte, et ma tête était en douleur, et
mon cœur était languissant. Depuis la
plante des pieds jusqu'au sommet de la
tête, il n'y avait rien d'entier en moi,
il n'y avait que blessures, meurtrissures
et plaies dont aucune n'avait été net-
toyée, ni bandée, ni adoucie avec de
l'huile. Et je restais comme une cabane
dans une vigne, comme une loge dans
un champ de concombres, comme une

ville serrée de près. Et l'Éternel me
disait : Lorsque tu étendras tes mains,
je cacherai mes yeux de toi, même lorsque tu multiplieras tes requêtes, je ne
les exaucerai point. Et je n'étais que
désolation, et ma désolation était comme une ruine faite par des étrangers. »
Je te disais cela d'après Ésaïe, et j'ajou-
tais d'après ma conscience : — La condamnation a été prononcée, l'Éternel a
parlé. Il cache ses yeux. Il n'exauce
point. Plus de pardon; plus de grâce.....
L'offense a passé la mesure. Tant de
sermens enfreints, tant de bienfaits tour-
nés en dissolution, tant de blasphèmes
vomis, un noble nom rejeté pour un nom
de malheur. Oui! oui! plus de pardon,
plus de grâce. Il faut que Dieu punisse, il
faut qu'il frappe et me précipite aux enfers qu'invoquait ma fureur. Il me l'a dit :
lorsque tu étendras tes mains, je cacherai mes yeux de toi, même lorsque tu

multiplieras tes requêtes, je ne les exaucerai point. Aussi rien que ténèbres
autour de moi, aussi je ne sais pas prier,
je ne veux pas prier. O ma mère! ô
Abraham! je ne vous reverrai plus, je
ne monterai pas où vous êtes. Je vous
ai maudit, sans doute, quand je mau-
dissais tout..... Vous aurais-je maudite,
ô ma mère! Je m'efforce et j'ai peur de
m'en souvenir!!! — Je te disais encore
cela, et tu me disais : — L'Éternel t'a
dit : Lave-toi, et te nettoie; ôte de devant mes yeux la malice de tes actions;
cesse de mal faire, apprends à bien
faire, et quand tes péchés seraient comme le cramoisi, ils seront blanchis comme la neige; quand ils seraient rouges
comme le vermillon, ils deviendront
blancs comme la laine, car JE NE VEUX
POINT LA MORT DU PÉCHEUR, MAIS SA
CONVERSION ET SA VIE. Et le Christ est
descendu des cieux, tu le savais, Chré-

tienne, dans tes époques pieuses, pour te laver, pour te nettoyer, pour ôter la malice de tes actions de devant les yeux de son père, et l'en éloigner autant que l'orient est éloigné de l'occident, pour t'apprendre à bien faire, pour te pardonner, puisqu'il a pardonné à Pierre, apostat, et qu'il a promis à la foi et au repentir la rémission de tout péché, de celui même contre le fils de l'homme. Relève ton front trop courbé sous le sac et la cendre, et reprenant ton noble nom, exprimes-en tout ce qu'il contient d'élémens de conversion ; exprimes-en la chasteté, la sainteté, le dévouement. Tu me parlais d'un cloître ! Crois-tu que le cloître donne le calme et le bonheur ? ce n'est pas le cloître, c'est Dieu. Dans un cloître, on souffre et l'on pleure autant et plus que dans le monde. Dans un cloître l'on est tout à soi, et non tout à Dieu.

Voudrais-tu, Chrétienne, avoir été pour toujours toute à toi. Dans un cloître, on est égoïste et paresseux, et ce n'est point par l'égoïsme et la paresse, que l'on reconstruit ce qu'on a démoli, que l'on est agréable au Seigneur et utile aux hommes. Ce n'est point pour l'égoïsme et pour la paresse que nous fûmes créés. Le chrétien est appelé à la vie active. Pourquoi donc lui serait-il donné d'être le sel de la terre, et lui aurait-il été prescrit de faire luire la lumière de ses bonnes œuvres?.... Aux heures de tempêtes privées et générales, le chrétien doit être un phare resplendissant qui prévienne les naufrages, ou sauve les naufragés. D'ailleurs, fille de cet Abraham que nous avons tant étudié, tant chéri, tu dois au monde de grands exemples; tu dois faire voir ce que peut la foi, ce que peut l'amour de Christ contre les passions qui t'a-

vaient mise en feu. Et puis tu as été en
odeur de mort, tu dois être en odeur
de vie. C'est pourquoi je ne te propose
point de t'emmener à Lyon, je veux
que tu prouves ici où est le tentateur,
que Chrétienne sait vaincre la tenta-
tion. Tu vaincras, ô mon amie, mon
amitié te le garantit. — Tu me parlais
ainsi, Évangéline, et ta parole m'était
aussi douce que la rosée du soir, à la
plante que le soleil du jour a brûlée.
Ensuite tu me dis: — Prions! — et tu
prias pour ton amie, et, surprise,
j'aimais à t'entendre, et je retrouvais
du plaisir à la prière, et je redevenais
moi, et, sans m'en apercevoir, ma
bouche s'ouvrit pour répéter les propos
de la tienne, et d'un vol sur les ailes
de la foi, ensemble nous montâmes au
troisième ciel; j'y vis Abraham et ma
mère, et comme saint Paul, nous enten-
dîmes des *choses inénarrables*. Après

cette vision, dont toutes les langues des hommes et même des anges ne sauraient chanter les merveilles, nous redescendîmes sur la terre, et nous la trouvâmes *pauvre, malheureuse* et *coupable*. Nous eussions voulu remonter au ciel. Nous ne le pûmes. Mais c'était assez d'avoir été *ravies* une seule fois en *paradis* pour être à jamais plus fortes que la *pauvreté*, la *misère*, le *péché*.

Et j'ai douté d'une religion qui produit de si étonnantes transformations, qui enfante de tels miracles! Et j'ai haï le protestantisme, résurrection radieuse de cette religion divine! Et j'ai demandé: Quel avantage m'en est-il revenu?.... Tant de fois pourtant elle avait allégé mes fardeaux, adouci mes amertumes, essuyé mes pleurs. Et maintenant, ce qui n'est donné qu'à toi, fille de Dieu, tu m'as relevée en me faisant grâce, tu m'as fais vivre un instant de la vie des

saints glorifiés, et connaître un bonheur
qui n'a de nom qu'au ciel. Ah! je ne
voulais devenir incrédule, que pour
être pécheresse à mon aise.

Tous les jours avec la santé de mon
corps se fortifiait de plus en plus la
santé de mon cœur. Le saint ministre
et toi, c'est-à-dire la religion et l'amitié
sous leurs formes les plus pures, les
plus gracieuses, vous étiez sans relâche
à votre œuvre de réhabilitation et de
grâce. Peu à peu je reprenais confiance
en Christ. Je repassais tout ce que tu
m'avais dit, tout ce que m'avait dit le
pasteur des gratuités miséricordieuses
de l'Éternel, et j'espérais en me disant :
Puisque mon juge de là-haut n'a point
permis que je tombasse morte, lorsque
je tombai froide et sans souffle, c'est
qu'il a voulu non me traîner escortée
d'emportemens et de fautes, au pied de
son tribunal, mais me laisser du temps

pour me purifier dans les larmes et la prière. Alors, 15 mars, tu repartis pour Lyon, où te rappelait ton époux, mais tu repartis certaine de ma guérison, assurée de ma victoire, et avec la promesse faite et reçue que tu reviendrais après Pentecôte, et que j'irais avec toi, si, à ton retour, tu étais contente. Tu le seras, j'espère, car je le suis assez, car le pasteur l'est beaucoup, et après Dieu, qui a fait concourir à mon bien tant de circonstances que tu connais, et qui vient de m'en ménager une des plus imprévues et des plus pénétrantes — c'est lui, c'est le pasteur qui a complété ma victoire, cette victoire dont ton amitié était assurée; écoute :

Mon furieux désespoir, ma maladie, mon délire, mes bourrellemens avaient très-profondément agi sur le caractère de madame Émile, dont la légèreté s'était changée en quelque chose de grave. Ce

n'était point encore de la religion vivan-
te, mais c'en était le besoin, c'en était
le signe précurseur, c'était le réveil de
son ame, c'était du sérieux, et du sérieux
au religieux il y a peu de chemin. Pendant ce travail de sa conscience, déjà
près de l'enfantement, une grande catas-
trophe tomba sur elle. Son époux mourut
d'une mort prompte; il ne fut malade
qu'un jour, et de ce jour ses sœurs et ses
filles s'emparèrent. La vivacité du mal
avait fortement altéré son intelligence,
il n'était plus qu'une ombre de lui-même;
cependant il concevait encore, il répondait encore, et il accepta la visite d'un
prêtre, duquel la première parole fut :
— Votre mariage manque du sceau de
l'église, il faut l'y imprimer avant tout.
— La faiblesse de ses sens, la peur de
la mort, la crainte de l'enfer..... il céda.
Et madame Émile? après avoir soutenu
les attaques les plus vives, les plus rudes

combats et sans que ses répugnances
fussent vaincues, moitié par violence,
moitié pour n'être point accusée de la
damnation de son mari, — se laissa
faire, fut présente au sacrement sans
en prendre sa part de droit ni de volonté,
et, après un acte, dont elle ne réclamait
pas plus les bienfaits, qu'on n'était disposé à lui en faire l'octroi, mais dans
lequel sa présence était indispensable
pour qu'il profitât à son époux, elle
tomba évanouie. Revenue à elle, tout
était consommé, son époux gisait dans
le champ des morts.

Au moment de son évanouissement
ses filles me firent appeler, ainsi que
ma tante, avec grande hâte, et, déso-
lées, elles nous dirent : — Ayez soin
d'elle avec amour, l'état spirituel de
l'agonisant nous réclame. — Ma tante
allait se fâcher, j'approuvai vivement,
quant à moi. — Oui, dis-je, nous en

8*

aurons soin avec amour, grand merci
de la commission. — C'est qu'en effet
je trouvais très-bien leur conduite; elles
avaient foi, elles devaient agir avec foi,
pousser ardemment au salut de leur
père, assister à son *extrême-onction*, et
le voir prendre ce qu'elles appellent le
saint viatique. D'autre part, je les remerciais au fond du cœur de nous avoir
appelées, lorsque nos croyances auraient
pu les en empêcher, quoique nous fus-
sions leurs plus proches voisines; et
cela me semblait en faveur de la religion
de leur mère un changement notable.

Quand, au bout de trente heures,
madame Émile revint à elle, nous étions
autour de son lit, et le premier mot fut
pour moi. — Eh bien Chrétienne, je l'ai
enfin reçue la bénédiction..... mais.....
d'un prêtre!.... Depuis quelque temps
le Seigneur m'avait un peu tournée vers
lui, je le priais de me tourner vers lui

davantage, de me tourner entièrement
vers lui; j'invoquais plus pieusement,
plus chrétiennement la bénédiction de
mon pasteur, et j'ai reçu la bénédiction
d'un..... prêtre!.... — Et elle fondait en
larmes, et elle n'avait que des paroles
entrecoupées. — Juste Dieu! tu m'as
punie!.... Oui je le méritais!.... Pourquoi
me marier selon le monde? Je devais
me marier selon toi. Point de voix de
fille qui sache prier, comme je brûle
que l'on prie..... Je suis seule avec mes
remords et ma foi commençante. Ah!
Chrétienne! reçois instruction. Chrétienne! tu le vois, ma famille est muet-
te,..... mes filles ne savent point me consoler..... Elles ne me tirent plus à leur
catholicisme, car elles se sont aper-
çues que je deviens protestante, que j'ai
soif des vérités évangéliques, que j'ai
faim de la parole de Dieu, et..... elles
ne l'ont point, la parole Dieu!.... Chré-

tienne! je suis seule. — Me jetant alors
sur son lit et dans ses bras, — Non,
vous n'êtes pas seule. Au croyant la foi
suffit, à l'enfant de Dieu suffit son père,
et la foi et Dieu seront toujours avec
vous. J'admire celle de vos filles parce
qu'elle est vraie et fervente, mais je
préfère la mienne, parce qu'elle remplit
l'ame, se passe des cérémonies, si les
cérémonies ne peuvent être adminis-
trées, se passe des ministres de la religion, si les ministres de la religion
ne peuvent être présens, et trop souvent ces cas se rencontrent. Malheur
donc aux croyans auxquels leur foi
n'est point suffisante : les cérémonies,
les ministres aident la foi, mais ne la
suppléent jamais. — Elle écoutait dans
un solennel silence; mes quelques mots
l'avaient dominée. Elle a vite repris, et,
cette fois, c'était la nature qui rega-
gnait ses avantages. — Que fait mon

époux ? Où est votre père !!!.. — Leur
abattement lui répondit qu'il n'était
plus dans ce monde. Alors nous crai-
gnîmes sérieusement pour sa vie. Elle
tomba dans des convulsions affreuses.
Elle ouvrait des yeux effrayans, et ses
monosyllabes éclataient tristes et amers.
— Il est à *leur* cimetière..... Je serai
bientôt au nôtre..... de suite après la
mort séparés..... Je ne l'ai pas vu mourir..... M'as-tu refusé cette grâce, ô mon
Dieu ? ou m'as-tu épargné ce malheur ?
D'être arrachée à sa vue pendant les
cérémonies catholiques..... De mourir
avec lui..... et d'être emportés ensemble,
lui d'un côté, moi d'un autre!.... Pas
même la réunion de nos tombes ! Pas
même le mélange de nos cendres ! Ils
ne voudraient pas les miennes!.... —
Oh ! Évangéline ! C'était angoissant,
c'était déchirant, c'était tuant. — Chrétienne ! Je suis seule, a-t-elle repris en-

core, j'ai faim de la parole de Dieu,
et elles ne l'ont point, la parole de Dieu!
Et on leur défend de l'avoir, et on leur
interdit de la lire! Mais..... J'ai là un
Nouveau Testament ; lis-moi, lis-moi,
Chrétienne!! — Je lus aussitôt plusieurs
passages des plus consolans, et peu à
peu madame Émile ouvrait son ame
aux consolations divines. Les consolations humaines n'ont rien d'aussi adou-
cissant, ni d'une si soudaine vertu. Je
lus d'autres passages, et puis je priai
avec une effusion extraordinaire, avec
une ame de feu, car je me considérais
remplissant un beau rôle, à la hauteur
duquel le Seigneur daignait m'élever.

L'irritation de ses sens un peu cal-
mée, la faiblesse de son corps apparut
extrême et fit désespérer. — Mes filles !
tous mes jours ont été pour vous, mon
dernier doit être pour Dieu. Embrassez
votre mère dont la voix vous bénit.

Appelez vous-mêmes mon pasteur, votre mère vous le demande comme une
grâce. Vous avez entendu ce que lisait
Chrétienne : *Quelqu'un est-il parmi vous
malade, qu'il appelle les pasteurs de
l'église, et qu'ils prient pour lui, et qu'ils
l'oignent d'huile au nom du Seigneur,
et la prière faite avec foi sauvera le malade* (Jacq. v, 14, 15). Vous avez entendu l'explication qu'elle a faite de ces
mots : *qu'ils l'oignent d'huile.* Explication naturelle, inattaquable, c'est que,
au rapport de saint Marc (i, 13), l'onction avec de l'huile était le signe de la
guérison corporelle, opérée par le pouvoir miraculeux des apôtres. Ce pouvoir n'existe plus ; tout le monde en
convient. Pourquoi donc garder le signe
quand on n'a plus la chose signifiée ?
Pourquoi l'huile, quand elle ne figure
plus la guérison du corps ? Gardons ce
qui amène la guérison de l'ame, *la*

prière et la foi. Seule, comme l'a dit Chrétienne, je puis les avoir, seule je puis me sauver. Mon salut, ô bienfait infini ! ne dépend point des hommes qui pourraient manquer à ma volonté, mais de *la prière* et de *la foi* qui ne lui peuvent manquer. C'est là la véritable *extrême-onction* et je saurais me l'administrer moi-même !.... Mais que mon bon pasteur me soit en aide !.... Faites-lui connaître, mes filles, mon vif désir de le recevoir. — Je rendrais grâce au Seigneur de lui faire, malgré l'épuisement de ses forces, si bien sentir et résumer mes saintes lectures; et ses filles sanglotantes l'embrassèrent et sortirent pour lui obéir, nonobstant leurs regrets catholiques.

Le pasteur arriva, et s'entretint longuement, devant ma tante et moi, avec la malade. Il la tranquillisa sur la bénédiction du prêtre. — Vous attendiez la mienne, lui dit-il, voilà pourquoi la sienne vous a été si fâcheuse. Mais mieux vous vaut celle-là qu'aucune, et je serais affligé que vous l'eussiez refusée, par une résistance mal entendue, par un excès d'attachement au protestantisme, résultat souvent infaillible d'une trop longue tiédeur, oui je serais affligé que vous l'eussiez refusée, aujourd'hui que la mort de votre mari vous les rendrait toutes deux impossibles. Je n'aime point les mariages mixtes, vous le savez, parce que très-rarement ils donnent le bonheur, parce que très-ordinairement ils sont le tombeau de la religion, et pour l'époux et pour l'épouse et pour les enfans. Je voudrais qu'ils donnassent le bonheur ; je voudrais qu'ils confondissent les deux cultes en un ; je voudrais que des mariages mixtes, bénis purement et simplement et par le pasteur et par le curé, naquît la fusion des protestans et des catholiques ; mais votre exemple, et tant d'autres témoignent justement du contraire. Voilà pourquoi, bien que dévoué de cœur et d'ame à tout ce qui peut hâter cette fusion, palpitant d'intérêt pour les membres de mon troupeau engagés dans de telles alliances, heureux et fier d'avoir des catholiques pour amis, et toujours prêt à leur prouver que je les apprécie et les affectionne, voilà pourquoi j'estime les mariages mixtes périlleux pour leur bonheur et le nôtre, pour notre foi et la leur, voilà pourquoi, entre autres raisons majeures, je n'aime point les mariages mixtes.

Après ce langage du pasteur, madame Émile lui fit le compte de toutes ses voies et lui demanda ses directions, ses consolations, ses prières, et la communion, s'il l'en jugeait digne. Il lui

parla beaucoup, pria beaucoup pour
elle, et, sans ressortir, il prit du pain
et du vin, qui se trouvaient à portée,
tant Jésus-Christ a permis qu'il fût facile de communier comme il communia.
Ainsi communia madame Émile, d'une
main tremblante elle reçut les symboles de sa rédemption, et les arrhes de
l'éternité. Cet acte fut d'un effet surnaturel; nous n'étions que cinq, mais Dieu
était témoin.

Le pasteur se retira. Les filles de
madame Émile rentrèrent. A leur aspect la mère regagna ses avantages,
comme tout à l'heure l'épouse. D'une
voix faible et mourante, elle leur adressa
quelques mots, beaucoup plus doux et
tranquilles. Déjà l'entretien du pasteur
avait fructifié. En paix avec Dieu, la
conscience sereine, madame Émile était
devenue inaccessible à l'exagération et
à l'amertume; et se sentant près de

mourir, elle voulut encore bénir ses filles..... La bénédiction n'eut pas le temps de sortir de ses lèvres ,.madame Émile expira. Le pasteur présida le lendemain à sa sépulture. Avant de quitter la maison mortuaire, il fit entendre des paroles imposantes, à la fois ferventes et circonspectes, pieuses et tolérantes, vu la présence de tant de personnes dont la foi n'était pas sa foi; ces paroles furent généralement goûtées et senties.

En retournant dans notre demeure après trois jours d'absence presque continue, je m'aperçus que ma tante sanglotait et priait Dieu. Oh ! Dieu l'avait touchée ! La maison de mort avait été choisie pour le champ du combat et de la victoire ! Nos lectures, nos prières, la repentance et les accens suprêmes de la moribonde, tout l'avait saisie et la possédait ! Elle commençait à se douter que la religion est utile et efficace ; elle regardait au-dedans d'elle-même ; elle faisait un retour sur son passé ; elle me demandait pardon de m'avoir tant contrariée; elle déplorait amèrement la légèreté, l'inconvenance, ajoutait-elle, de ses instigations auxquelles elle ne concevait pas comment elle avait pu se livrer. A l'agonie de madame Émile elle s'était convaincue qu'Abraham avait raison, et elle suppliait le Seigneur de lui accorder assez de jours pour réparer ses énormes torts envers lui, envers moi ; pour me détourner, s'il en était besoin, avec persévérance de ce qu'elle m'avait conseillé avec opiniâtreté. Il n'était pas besoin qu'elle fît cette dernière promesse à son juge et au mien. S'il m'a fallu, depuis ton départ, Évangéline, encore une leçon, madame Émile me l'a donnée. J'ai vu ses larmes, son

deuil, son dénuement, j'ai vu ses filles
dont aucune ne priait pour elle, et je
n'ai pas vu ses cendres réunies aux cendres de celui avec lequel elle avait vécu
trente ans !!!.. Ce spectacle sera devant
mes yeux partout et toujours. Sans
doute Abraham était trop sous l'impression de ses souvenirs inévitablement rancuneux, mais du fond de son
opposition se levait invincible la vérité,
cette vérité que madame Émile me fit,
il y a trois mois, entrevoir dans son expérience, et qu'à son jour dernier elle
m'a si parfaitement révélée. Grâce donc,
grâce à Dieu de m'avoir ainsi préparé
un nouveau moyen de guérison ! de
m'avoir appelée à envisager de si près,
pour la consoler, une souffrance sur laquelle mon inexpérience se ruait, et à
répandre un peu de baume évangélique sur une blessure qui allait être la
mienne !!... Grâce, grâce à Dieu de

m'avoir fait encore si directement un appel ! Grâce, grâce à Dieu de se souvenir de moi avec tant de sollicitude !!!..

Aussi vers les approches de Pâques je commençais à me croire réhabilitée et grâciée. La semaine sainte m'a été salutaire. Les divers aspects sous lesquels elle nous montre le Sauveur, et qui résument si parfaitement sa doctrine, sa morale, ses exemples, en un mot toute la rédemption, ont été du haut de la chair successivement présentés par le pasteur avec tant de conviction, avec tant d'onction, avec tant d'entraînement, et, je le crois, avec tant d'application à mon état personnel, à mes besoins spéciaux, à mes devoirs tout particuliers, que sans contrainte, ou plutôt contrainte par ma conscience et mon cœur, je lui dis : — Pasteur révéré ! je me suis tout à l'heure con-

fessée à l'Eternel. Depuis quelques di-
manches au saint temple je m'associe
plus étroitement à la confession publi-
que de nos communs péchés, laquelle
votre bouche prononce..... Maintenant
à vous je me confesse, ô mon père en
Christ ! je suis guérie. Mais je fus bien
criminelle. J'ai faim, j'ai soif de Dieu.
Mais je fus bien criminelle. A vous je
me confesse, pasteur si compatissant !

. . . .

. . . . Voilà mes sentimens. Dieu
veut-il pardonner? La Pécheresse n'évita
point la publicité pour son repentir, je
ne l'éviterai point davantage. Devant
tous mes frères, je crierai : miséricorde
et grâce !!... La Pécheresse pleura. J'ai
pleuré, je pleure, je pleurerai. La Pécheresse donna son huile odoriférante.
J'ai donné mon amant; oui je l'ai donné,
et avec joie. La Pécheresse — et ses
péchés étaient grands, dit le Christ —

fut pardonnée. Les miens sont grands aussi. J'ai vociféré et le parjure et le blasphème..... Mais j'ai donné mon amant. Sans mes parjures, sans mes blasphèmes, peut-être eussé-je moins donné ! Mais j'ai donné sans réserve. Dieu me veut-il pardonner ? J'aimerais beaucoup, car il me serait pardonné beaucoup. Dieu me veut-il pardonner ? Me veut-il recevoir à sa table ? Et en son nom, en son autorité me direz-vous ? « Va-t-en en paix, tes péchés te sont remis. « Parlez , ô mon père en Christ. — Dieu seul « sonde les cœurs et les reins » du plus haut des cieux, m'a répondu le pasteur, et sur la terre — depuis le Christ et ses apô-tres — pécheur, ignorant et faible, l'homme ne connaît point l'intérieur de l'homme, mais il doit connaître la loi de son Dieu, et cette loi annonce le pardon et la paix, à la foi, au repentir,

à la prière. J'ai confiance dans ta foi,
dans ton repentir, dans ta prière. O
Chrétienne, ô jeune fille dont je ne
suis que le frère en Jésus, ô ma sœur, je
suis assuré que Dieu te pardonne, qu'à
sa table il te recevra en père tendre et
bon; qu'il fera luire à tes yeux une
plus vive lumière, éprouver à ton cœur
un plus pur amour, sentir à ta conscience une tranquillité plus calme; et,
lorsque, après t'avoir remis le pain et le
vin sacrés, je te dirai : Va-t'en en paix !
le Sauveur te dira lui-même : « Ma
fille ! je te donne la paix, je te laisse
ma paix. » Oui, j'en suis assuré par ta
conscience qui répondrait : « Non ! » si
elle ne recevait point la paix, s'il n'y
avait point de paix pour elle. Mais ta
conscience confirme la mienne, voilà
mon garant.

— A demain donc devant la table de
Jésus-Christ. Faible, vous implorerez

la force ; malade, la santé ; coupable
le pardon. Vous y implorerez tout, vous
y obtiendrez tout. Et comme le crucifié
ressuscitera demain pour la gloire du
Père, vous ressusciterez en nouveauté
de vie. Voulez-vous que cette résurrection, vôtre, soit complètement réali-
sée ? Voulez-vous que la dernière trace
du sentiment terrestre disparaisse de
votre cœur ? Pensez à Celui qui nous
a tant aimés, et qu'il faut tant aimer
en retour. Pensez à Jésus dont cet anniversaire est tout plein, à Jésus, qui,
fils unique du Dieu bienheureux, vit
de votre vie, souffre de vos souffrances,
pleure de vos pleurs, meurt de votre
mort..... Non, qui vit d'une vie faite
pour lui, qui souffre de souffrances
faites pour lui, qui meurt d'une mort
faite pour lui, c'est-à-dire que pour
conquérir l'ame humaine, et la refon-
dre pour la foi, pour les bonnes œu-

vres, pour tous les sublimes dévoue-
mens, il a offert des exemples inouïs
de foi, de bonnes œuvres, de dévouement; il a vécu, il a parlé, il a agi
pour la foi, pour les œuvres, pour le
dévouement..... Et quand les hommes,
qu'il vient réconcilier avec Dieu qu'ils
ont méconnu, et rattacher au devoir
dont ils se sont séparés, le placent entre l'abandon de son œuvre de réhabilitation, de réconciliation, de rédemption, et le sacrifice de sa vie..... il ne
balance pas. Il meurt, car c'est pour
cela qu'il est descendu des cieux, mais
il meurt pour triompher de la mort,
il meurt pour revivre, il meurt pour
que l'ame humaine ne meure point.
Et si, avant comme à sa mort, il
a tout senti, senti des sensations ex-
traordinaires, des sensations uniques,
poussé un cri auquel nul cri n'est semblable, sué une sueur sanglante, une

sueur que son corps seul a suée , c'est
afin que l'ame humaine , une fois con-
quise , comprît ces sensations , ce cri ,
cette sueur, ce sang qui a soudé la terre
au ciel, élevât dans son intérieur le
plus pur, le plus riche , un temple où
tous les noms de l'*homme de douleur*
soient bénis , aimât en un mot qui l'a
tant aimée , et n'aimât que ce qu'il permet d'aimer.

— Quand vous réfléchirez à ces choses , quand vous les sentirez , quand
vous les aimerez, quand vous en vivrez,
dans ces momens à coup sûr vous ne
réfléchirez à rien plus, vous ne sentirez
rien plus, vous ne vivrez de rien plus.
J'en appelle à votre cœur : Auguste, que
je vous nomme pour la première fois,
que je ne craindrai pas de vous nommer plusieurs fois , Auguste , dont
l'amour si adroit , si habile vous est ap-
paru sous mille aspects généreux, seuls

capables d'attirer une ame comme la
vôtre, et d'y balancer trop long-temps
des intérêts qu'il faut que rien ne balance; Auguste, qui a obtenu de Théodore de vous voir malade, alors que
sur vos lèvres délirantes brillait son
nom, comme un éclair au-dessus des
flots écumans, qui m'a parlé hier encore
et à qui j'ai signifié ma pensée et votre
pensée, or ma pensée et votre pensée
sont celles d'Abraham, moins *ses souvenirs inévitablement rancuneux*, plus *votre plaidoirie du cœur*; qui a dit en pâ-
lissant : — Ah ! pour moi Chrétienne
est perdue. Entre nous l'abîme est trop
large, nous ne pouvons le franchir. O
sermens de l'Évangile et de la tombe !
Après vous avoir prononcés, Chrétienne
a pu mourir, mais être à moi, jamais !
Je la connais, cette ame ! Et vous seuls,
sermens redoutables, avez jeté sur mon
amour le suaire ensanglanté des tom-

beaux. Je la connais, cette ame! Entre
elle et celle-ci l'union a été rompue, à
peine formée..... Puisse l'une d'elles trouver le repos !!... Que ce ne soit pas la
mienne !!... — Auguste, qui en soupirant ces mots, était sincère autant que
désespéré, je lui dois ce témoignage et
le lui rends volontiers; Auguste, dont
j'exalte à dessein à vos oreilles les hautes qualités, et l'amour magnanime,
Auguste n'a maintenant sur votre cœur
aucune prise. Il serait là qu'il vous serait indifférent. C'est que maintenant
votre cœur est plein de Dieu, et qu'à
votre cœur Dieu suffit. Interrogez-vous
et vous répondrez : Oui !.... — Oui ! me
suis-je écriée en tombant à ses pieds,
oui, oui ! — Me tendant la main pour
me relever, il reprend d'une voix plus
grave et plus lente : Impressionnez-vous
donc toujours, ainsi que vous êtes à
présent impressionnée, de ces puissan-

tes images, et devant elles toutes les
autres s'évanouiront comme de légers
fantômes, et votre ame trouvera le repos. Soyez tranquille sur la sienne. —
Il ajoute après une pause, et avec un
calme solennel : — Homme, j'ai soutenu le choc des passions qui livrent
bataille aux hommes, et je sais qu'elles
peuvent être vaincues. —

Ce discours si saintement passionné
m'a bouleversée. A l'instant j'aurais
voulu communier, j'étais prête. J'aurais
voulu mourir, j'étais prête. OEuvre de
la rédemption, que vous êtes prodi-
gieuse! Amour de mon Dieu, que vous
avez d'empire! Et vous, ministre du
Christ, que vous savez le faire aimer!
Que votre éloquence est noblement fa-
milière! Comme vous savez remuer,
vous rendre maître et retenir! En vous
entendant, on ne vous voit pas, on vous
oublie; on voit le Sauveur, on l'entend,

on l'aime. Oui, demain j'aurai communion avec lui d'esprit et de cœur, je suis
prête, je le serai demain. Vos impressions ne sont pas de celles que le vent
emporte. Semblables aux inspirations
de l'Esprit divin, car l'Esprit divin vous
anime, vos impressions sont durables.
Ne m'abandonnez point, et je suis
sauvée.

Me couchant presque aussitôt je repose mon corps et mon ame sur ces
pensées célestes, et le doux sommeil
me les a retracées, plus embaumées
encore de pures et suaves senteurs. En
songe je faisais cortége aux saintes
femmes dont l'Évangile raconte la visite
matinale au divin sépulcre ; comme
elles, j'avais des pleurs dans les yeux ,
et des parfums dans les mains. Deux
hommes aux habits lumineux nous ap-
parurent, et, tandis que nous reculions
et allions fuir, leur bouche nous dit :

9 *

— Femmes, soyez bénies, et ne reculez point devant nous, ne fuyez point devant les anges de Dieu. Pourquoi cherchez-vous parmi les morts celui qui est vivant? Il n'est point ici. Il est ressuscité. Remportez vos parfums. Son corps n'a point senti la corruption. La corruption !.... Mais l'auréole qui nous environne et nous revêt de majesté, n'est qu'un pâle reflet de sa beauté divine. Aussi devant lui nous nous inclinons, et trois fois nous le proclamons saint, car le père l'aime et le rappelle aux plus hauts cieux, rayonnant d'immortalité. Femmes, pourquoi pleurez-vous? Parce que des mains impies ont lié et de durs marteaux cloué ses membres? Parce que des voix sacriléges le maudissaient, calme, résigné? Parce qu'une arme inattaquée a tiré de sa vie éteinte un reste équivoque de sang? Parce qu'on l'a enlevé de la tombe et que vous ne savez où on l'a mis? Au ciel on le remettra. Au ciel l'Éternel le couronnera de gloire, et le ceindra du diadème du monde, lui méprisé, lui maudit, lui-même. — Et les anges ont disparu. Mais un homme est là. Il nous parle, il nous demande : Pourquoi pleurez-vous, qui cherchez-vous ? — *Lui* Seigneur, si tu l'as emporté, dis-nous où tu l'as mis, et nous l'irons prendre. — O Marie ! que viens-tu de répondre en notre nom ? Quelles écailles sur tes paupières que tu aies pris le Sauveur pour le jardinier ! Quelle pesanteur sur ton ame ! A cette question faite avec *sa* voix : Pourquoi pleurez-vous? Qui cherchez-vous ? Ne l'as-tu point reconnu ? Faut-il qu'il te dise : Marie ? — Ce mot est prononcé par le Christ, comme aucune bouche d'homme ne le prononce, et Marie le reconnaît et dit : Rabonni ! et chacune nous disons : Rabonni ! C'est-

à-dire mon maître ! C'était le frémisse-
ment de *ses* pieds, c'était *son* regard,
c'était *sa* voix, c'était *lui* , et ..... je me
suis réveillée.

Oh ! Dieu veut pardonner, Dieu veut
me recevoir à sa table., puisqu'il a ordonné à ses anges de me bénir, puisqu'il m'a fait voir, entendre, sentir, ce
que l'on voit toujours, ce que l'on entend toujours, ce que l'on sent toujours,
lorsqu'une fois .on l'a vu, entendu ,
senti.

Le soleil brillait déjà. Il était bien
tendre, ce soleil, soleil de justice re-
paraissant après une courte éclipse ,
éblouissant d'éclat et portant la santé
dans ses rayons. Sa splendeur réjouis-
sait mon cœur, sa chaleur réchauffait
mon ame, et j'allais au saint temple.
Les détails de l'Évangile sur la résurrection de Jésus, si naïfs et si pompeux à
la fois ; le langage si saisissant du pas-

teur ; les prières si élevées et si ferventes ; le chant de nos cantiques si dignes
de la solennité ; la table sainte dressée
avec une simplicité majestueuse ; le
recueillement profond de la nombreuse
assemblée ; le redoublement de ferveur
qui accueillit le saint ministre disant :
« Écoutez, mes frères, de quelle manière notre Seigneur Jésus-Christ a ins-
titué la sainte cène : » La sublime émotion de piété qui accompagnait chacune
de ses syllabes lentement articulées ; ces
premiers mots lorsqu'il fut devant la
table de Jésus-Christ : — « Le pain que
nous rompons est la communion au
corps de notre Sauveur ! La coupe de
bénédiction, que nous bénissons, est
la communion à son sang ! » — Sa figure d'ange lorsqu'il mit le pain sur
ses lèvres, et qu'il en approcha la coupe
de la nouvelle alliance ; le frisson religieux qui circulait dans tous les rangs,

à mesure que les communians allaient déposer dans la coupe le repentir et l'amour, et y puiser la joie et la félicité, dont chaque parole du pasteur était l'expression et le sceau..... En fallait-il davantage pour que mes dispositions de la veille se fortifiassent, et que ma communion fût heureuse ?.... Avant l'acte je priai avec un sentiment indéfinissable d'humilité et de repentance..... Après l'acte je rendis grâces avec une émotion qu'exprimaient seuls mes inexprimables soupirs, et ce cri de l'apôtre qui sortait en bondissant de mon ame rafraîchie par la rosée du ciel: « La charité de Christ me presse et me possède ! » Et, debout avec toute l'église, je chantai du fond du cœur le cantique de Siméon, qui me rappela mon aïeul, et me fit dire comme il avait dit : —Il y a maintenant de la joie aux cieux, car je suis la dragme retrouvée, je suis

la brebis rentrée au bercail. En me remettant le pain, le pasteur m'avait dit :
— « Il n'y a plus de condamnation
pour ceux qui sont en Jésus-Christ. » En
me remettant la coupe, il m'avait dit :
« Je te donne la paix, je te laisse ma
paix. » — Ces deux passages scripturai-
res allaient bien, allaient droit à mon
ame. « Je les lierai à mon cou, je les
écrirai sur la table de mon cœur. » Et
ces phylactères mystérieux; et les souvenirs de ma mère et de mon parrain ;
et mes sermens de l'Évangile et de la
tombe; et vos impressions d'hier et vos
impressions d'aujourd'hui, et l'assurance de votre appui constant, pasteur
qu'on admire quand on vous entend,
qu'on aime quand on vous connaît; et
ta miséricorde si éclatante dans mon
songe de ce matin, ô Rédempteur de
mon ame, voilà mes armes, voilà ma
cuirasse, voilà mon bouclier. Et la

croix de Jésus, voilà mes seules, mes dernières, mes éternelles amours. O croix, où tendaient toutes les dispensations divines depuis la chute d'Éden, tous les soupirs des patriarches, toutes les paroles des prophètes, tous les cantiques des saints, toute l'attente des justes; sur laquelle *tout a été accompli*, et fut déployée une splendide bannière où on lit, écrite avec du sang, cette devise qui est à la fois une histoire et une religion : AMOUR! ô croix de Jésus! je t'aime comme la petite fille les genoux de sa mère; comme l'oiseau qu'un plomb a blessé, l'aile qui le couva; comme la fleur brûlée, la fraîcheur des nuits; comme la plante qui se penche, la rosée du matin; comme la terre crevassée, la pluie du ciel. Je t'aime comme le voyageur égaré, le bras conducteur; comme le mendiant exténué de fatigue et de faim, le gîte hospitalier et le pain de l'aumône ; comme l'orphelin, le portrait de son bienfaiteur ; comme le pilote que la tempête submerge pendant toute une nuit qui ne veut point finir, la première clarté du jour. Je t'aime comme le naufragé, la planche du salut ; comme l'Israëlite malade au désert, le serpent d'airain ; comme le coupable, la clémence de son juge ; comme le condamné, la grâce de son roi. Je t'aime comme les souvenirs de mon parrain et de ma mère ; comme les impressions de mon pasteur ; comme mon songe d'aujourd'hui. O croix de Jésus, mon refuge, ma consolation, mon appui, ma force, mon espoir, ma gloire et ma vie, si jamais je te retire de mon cœur, de mes lèvres !!!..

FIN DE *CHRÉTIENNE*.

Suite de la note I , page 88.

—

UN SYNODE AU DÉSERT,

LES 25 ET 26 AVRIL 1759.

Au nom de Dieu, Amen ! Le sinode du bas Languedoc , assemblé au désert sous la protection divine, les 25 et 26 avril 1759, au nombre de seize pasteurs de la province , deux des hautes Cévenes, deux des basses, un proposant et quarante-huit députés des églises ; après avoir imploré la direction du St Esprit, et élu M. Paul Rabaut, pasteur, pour modérateur ; M. Jean Pradel, pasteur, pour modérateur-adjoint ; M. Pierre Encontre , pasteur, pour secrétaire ; et M. André Bastide, pasteur, pour secrétaire-adjoint, a arrêté ce quy suit : Article 1. Les consistoires sont exhortés d'observer autant que faire se pourra l'art. 4 du dernier sinode de cette province, portant qu'on n'envoyera qu'un député de chaque église à nos assemblées sinodales, et dans le cas où il s'en trouve quy jugent à propos d'y en envoyer deux, il n'y eu aura que trois de chaque quartier quy puissent y avoir voix, excepté l'église de Nismes qui, parce qu'elle a deux pasteurs, poura avoir deux députés quy auront droit de suffrage. — Art. 2. Conformément à l'art. 4 du sinode national dernier quy ordonne la célébration d'un jour de jeûne, le 14 juin prochain, la compagnie exhorte les fidelles de cette province à s'y préparer pour la rendre agréable au Seigneur. — Art. 3. Sur la question proposée quelle conduite on doit tenir à l'égard des pécheurs quy ayant été suspendus de la sainte Cene demandent d'être admis ou participer avant le temps fixé par leur pénitence, l'assemblée, sans prétendre altérer les articles de nos précédens sinodes, et voulant conserver aux consistoires l'authorité qu'ils ont d'en faire l'application suivant l'exigence du cas, est d'avis que lesdits consistoires doiventpeser mûrement tant les circonstances de la faute qui a mérité la suspension, que les marques que les pescheurs donnent de leur repentance et les admettre à la paix de l'église plutost ou plus tard suivant qu'ils paraitront plus ou moins repentans, et elle adjoint aux susdits consistoire d'être très scrupuleux à cest égard, et de n'abréger le temps de suspension, que lorsque ils auront tout lieu d'être convaincus du sincère repentir des pescheurs. — Art. 4. Le plustost possible les élèves seront examinés par les ministres de la Table assistez de M. Puget, pasteur, et s'il y en a quelqu'un en qui ils ne trouvent pas des talens qui fassent espérer qu'ils pourront parvenir au St Ministère, ils sont autorisés à les renvoyer. — Art. 5. On enjoint de nouveau et très expressement tant aux pasteurs qu'aux anciens, de tenir la main à l'observation de l'art. 10 du sinode national, tenu en may 1756, qui recommande que dans toutes les églises on ait des registres exacts des mariages et baptêmes, tant pour le passé que pour l'avenir. — Art. 6. Désormais les sinodes de cette province seront convoqués par les pasteurs d'un colloque. Ils en seront chargés tour à tour, et pour commencer, il est arrêté que les pasteurs du colloque de Nismes convoqueront le sinode prochain. — Art. 7. Les pasteurs sont exhortés de faire lecture dans les assemblées religieuses, des articles 27, 28 et 29 du chapitre 14 de la discipline, et d'en presser

fortement l'observation, et les anciens de se
joindre aux pasteurs pour empêcher qu'ils ne
soient violés, et pour exercer contre les délin-
quans les censures portées par les susdits articles. — Art. 8. A l'avenir, les députés des églises n'aporteront aux sinodes que des propositions signées par un secrétaire ou par plusieurs
membres des consistoires, sans quoy elles ne
seront pas reçues, et pour faire aparoir que
l'assemblée sinodalle en aura eu connaissance,
ils les remporteront visées par le secrétaire de
la compagnie. — Art. 9. Il est résolu qu'aucun
musicien ne pourra exercer sa profession dans
aucun lieu, sans le consentement du pasteur
de ce même lieu. — Art. 10. M. B*** ayant
demandé au consistoire de St Giniez copie du
jugement rendu contre le sieur Defferé, et ce
consistoire ayant renvoyé l'examen de cette
demande au colloque de Nismes et ce colloque au présent sinode, la compagnie est d'avis
de la luy accorder. — Art. 11. Il est enjoint aux
consistoires qui ne sont pas dans l'usage d'élire,
à la pluralité des suffrages et à basse voix, leurs
députés pour les colloques et les sinodes, de
se conformer à cet égard à l'usage établi dans

les autres consistoires de la province. — Art.
12. L'assemblée considérant les avantages que
les églises retireraient d'un livre où seroient
enregistrés les actes des sinodes tant nationaux
que provinciaux, exhorte les consistoires à
avoir un tel livre et à y inscrire les susdits
actes. — Art. 13. Sur le recueil fait par M.^{rs} les
pasteurs, Pierre Redonnel, André Bastide et
Pierre Encontre, des sinodes nationaux et provinciaux qui se sont tenus depuis la révocation
de l'édit de Nantes, il sera fait un choix des
articles qui pourront servir aux églises, et cela
par un nombre de pasteurs qui seront nommés
par leurs confrères. — Art. 14. Les dépenses
faites depuis le sinode dernier par l'église de
Nismes pour les prosélytes nécessiteux, lui seront remboursées, et l'on remboursera aussi
celles qui se sont faites pour le même sujet
par un particulier, se portant, savoir : les premières, à 153 ¹ 8 ˢ; et les secondes, à 31 ¹ 15ˢ.
— Art. 15. L'article 12 de notre dernier sinode
étant sujet à divers inconvénients, et la compagnie considérant que des particuliers en
pourront remplir l'objet qui est de procurer
aux prosélytes ce qui leur est nécessaire, a

jugé à propos de l'anuller, et cependant elle
exhorte tant les consistoires que les fidelles à
accueillir les susdits prosélytes et à leur rendre
tous les bons offices qui dépendront d'eux.
— Art. 16. La compagnie a alloué les debtes
suivantes à l'église de Nismes pour le sinode
national dernier 180 ^{1} 7 ^{s}; à la ditte, pour le
dernier sinode provincial 40 ^{1}; à la ditte pour
dépense à l'occasion d'une assemblée ecclésiastique 10 ^{1}; à M. O*** pour le sinode national
26 ^{1}; aux héritiers de M. Gau 100 ^{1}; à Mrs Vincent et Puget, pour le sinode des basses Cévenes 11 ^{1} 15 ^{s}; à l'église de Montpellier, pour
le sinode provincial 20 ^{1}; à l'église de St Giniez,
pour dépenses faites en diverses occasions, 81 ^{1};
en tout, 469 ^{1} 2 ^{s}. — Art. 17. Mrs François Saussines et Teissier se sont chargés de desservir,
six mois chacun, le quartier de Zallon avec
condition que l'année prochaine ils seront dé-
chargés dudit quartier. — Art. 18. Mrs Pierre
Encontre et Théron, pasteurs, desserviront
de concert les districts de Montpellier et Bédarieux, à condition, pour le premier, qu'il sera
placé dans l'intérieur de la province, l'année
prochaine, suposé qu'il ne puisse pas exercer

son ministère commodément dans ce pays-là ;
et encore que le sieur Lombard , élève , sera
afecté aux susdits districts pour cette année.
—Art. 19. L'assemblée a anexé saint Laurent
à l'église du Cailar , ainsy qu'il l'étoit auparavant. Ainsy conclu et arrété les susdits jour
et an , Paul RABAUT , pasteur et modérateur ;
PRADEL , pasteur et modérateur-adjoint ; ENCONTRE , pasteur et secrétaire ; BASTIDE, pasteur
et secrétaire-adjoint , signés.

En vertu du pouvoir que le sinode en a
donné à M.rs les pasteurs , ils ont élu pour députés au sinode des hautes Cévenes , Mrs Allegre et Laffon , pasteurs ; et pour les basses ,
M.rs Guizot et Pierre Saussines, aussi pasteurs ,
et ils ont nommé pour faire le choix des articles des sinodes nationaux et provinciaux quy
pourront servir aux églises , M.rs Paul Rabaut,
Pradel , Vincent et Puget. ENCONTRE , pasteur
et secrétaire ; BASTIDE , pasteur et secrétaire-adjoint , signés.

Suite de la note I , page 92.

—

DE PAR LE ROY

Jugement

du 9 octobre 1754.

Qui condamne les nommés Caldié, Bonna-foux, Galzy et Raymond religionnaires de Bé-darieux et de Faugères, aux galères perpe-tuelles, et la femme du dit Caldié a être rasée et emfermée à la tour de Constance, pour avoir assisté à une assemblée de religionnaires, et les habitants nouveaux convertis des arron-dissements de Bedarieux et Faugères a 400 livres d'amende.

Jean Emmanuel de Guignard , chevalier, viconte de St Priest, conseiller du roi en ses conseils, maître des requêtes ordinaires de son hôtel , Intendant de justice , police et finances en la province de Languedoc.

Veu l'édit du mois d'octobre 1685 , la décla-ration du roi du premier juillet 1686, l'ordon-

nance du 12 mars 1689, la déclaration du 13
décembre 1698, celle du 14 mai 1724, par
les quelles sa majesté fait défense à tous ses
sujets nouveaux convertis de s'assembler pour
faire aucun exercice de la religion prétendue
réformée : l'ordonnance du roi du 11 septembre 1726, portant entr'autres dispositions, que
les N. C. de la province de Languedoc qui
auront assisté aux dites assemblées, seront en-
voyés par les ordres du commandant pour sa
majesté en la dite province, et en son absence
par ceux de l'intendant et commissaire départi,
SANS AUCUNE FORME NI FIGURE DE PROCÈS, savoir :
les hommes sur les galères de sa majesté, pour
y servir comme forçats pendant leur vie, et
les femmes et les filles recluses à perpétuité
dans les lieux qui seront ordonnés ; autre ordonnance du 9 novembre 1728, portant que
les N. C. des arrondissements dans l'étendue
des quels il sera constaté qu'il s'est tenu quelque assemblée, seront condamnés en une
amende ARBITRAIRE, dont la répartition sera
par nous faite sur tous les N. C. qui se trou-
veront compris au Rôle de la Capitation, les
communautés des arrondissements ; notre or-

donnance du 3 juin dernier, par la quelle nous
avons commis le sieur Boussanelle notre délégué à Beziers pour se transporter sur les lieux
de son departement, où il se tiendrait des assemblées illicites, dresser procès-verbal de l'état
de ceux où elles se seront tenues, constater
les taillables dont ils dépendent et informer
desdites assemblées, circonstances et dépen-
dances ; les procès-verbaux dressés en conséquence par le dit sieur Boussanelle les 13 et 15
août dernier, contenant son transport avec
son greffier dans les taillables de Faugères et
de Bédarieux, et aux terroirs appelés Busca-
bres et Rec du Théron, par les quels il paraît
qu'il s'est tenu des assemblées dans les dits
terroirs, et qu'il y en a trouvé plusieurs traces
et vestiges ; exploits d'assignation à témoins
des 18 et 20 du dit mois, cahiers d'informa-
tion des mêmes jours, contenant chacun les
dépositions de deux témoins, des quelles il ré-
sulte qu'il s'est tenu des assemblées des N. C.
le 11 août dernier, dans les lieux désignés par
les procès-verbaux du dit sieur Boussanelle,
les ordres par nous expédiés le 24 du même
mois ; et le 5 septembre suivant, pour faire

arrêter les nommés Jean Caldié huissier, Françoise Sarrut sa femme, Jean Bonnafoux, Etienne Galzy, et Antoine Galzy religionnaires, habitants de Bedarieux, et Jean Raymond religionnaire de Faugères, accusés d'avoir assisté aux dites assemblées ; les interrogatoires et réponses des dits Jean Caldié, Françoise Sarrut sa femme, Jean Bonnafoux, Étienne Galzy et Antoine Galzy, et Jean Raymond prisonniers aux prisons du Sénéchal de Beziers, les dits interrogatoires et réponses en datte des 18, 19 et 30 septembre dernier et du 4 du présent mois, tout considéré.

Nous ordonnons que les dits édits, déclarations et ordonnances du Roi seront exécutés selon leur forme et teneur et en consequence faisons défenses à toutes personnes de quelque état et qualité qu'elles soient de la province de Languedoc, de s'assembler pour faire aucuns exercices de R. P. R. et pour les cas resultant des procedures, avons condamné et condamnons les nommés Jean Caldié huissier, Jean Bonnafoux, et Étienne Galzy religionnaires habitant Bédarieux, et Jean Raymond religionnaire de Faugères, à servir pendant

leur vie en qualité de forçats sur les galères du Roi ; avons pareillement condamné et
condamnons Françoise Sarrut femme du dit
Caldié a être rasée et enfermée pour le reste
de ses jours dans les prisons de la Tour de
Constance ; déclarons tous et chacuns des biens
des dits condamnés acquis et confisqués au
profit de sa majesté, distraction préalablement
faite du tiers en faveur de leurs femmes et
enfants, si aucuns des dits condamnés en ont,
les condamnons en outre aux fraix qui seront
exposés pour leur conduite sur les galères de
sa majesté ou à la tour de Constance, suivant
l'état qui en sera par nous arrêté ; et en ce qui
concerne le nommé Antoine Galzy ordonnons
qu'il en sera plus amplement informé contre
lui pendant trois mois ; comme aussi avons
condamné et condamnons les habitants nouveaux convertis des arrondissements de Bédarieux et Faugères dans les taillables des quels
sont situés les lieux où les dites assemblées se
sont tenues, en quatre cents livres d'amende
au profit de sa majesté, ensemble au payement
des frais des procèdures, du transport dudit
sieur Boussanelle et autres fraix faits à l'occa-

sion des dites assemblées, liquidés à six cent
soixante et quinze livres six sols, suivant l'état
qui en a par nous été arrêté ce jourd'hui, la
répartition des quelles deux sommes montant
ensemble à celle de mille soixante quinze liv.
six sols, sera faite sur tous les N. C. des arrondissements de Bédarieux et de faugères, conformément à ce qui est prescrit par l'article
11 de l'ordonnance du 9 novembre 1728; et
sera le présent jugement exécute nonobstant
opposition et autres empêchements quelcon-
ques, lû publié et affiché où besoin sera; fait
à Montpellier le 9 octobre 1754. Signé DE SAINT
PRIEST et plus bas; par Monseigneur SOEFUE;

Le 13 octobre 1754, le présent jugement a
été prononcé en présence de M. Coulomb sub-
délégué à Montpellier, aux nommés Galdié,
Jean Bonnafoux, Étienne Galzy, Jean Raymond, et Françoise Sarrut femme du dit Galdié, prévenus dans la conciergerie de la citadelle de la d. Ville, pour être exécuté selon sa
forme et teneur. Signé AUREZ, greffier de la
Sugdélégation.

A Montpellier de l'imprimerie d'Augustin-François Ro-
CHARD seul Imprimeur du Roi, en 1754.

Ce jourd'huy vingt-unième juin mille sept
cent cinquante trois jour de la solemnité de la
fête du très St Sacrement nous maire et consuls de la communauté de Bédarieux juges de
police ayant fait proclamer par le valet de ville
de nétoyer les Rues ou la procession doit passer suivant l'uzage de tapisser les dites Rues
autant qu'il sera possible, et en deffaut de
tapisserie, de mettre du feuillage les long des
murailles des maisons comme il a été toujours
pratiqué, our honorer une cérémonie sy Sainte
à quoy tant les anciens que nouveaux convertis s'étaient conformés les années précédentes,
avons été dans la dernière surprise en assistant
à la ditte procession de vérifier que les nommés
Pierre Dourieck, la Veuve Abram Loudera,
Louis Dourieck, François Cere, Jean Mouly,
Jean Bose fils, Lapierre cadet et Lapierre ayné,
pierre Tongas, Rabaut et pierre Belugon Religionnaires avoient négligé ce devoir, ce qui a
été observé par un grand nombre d'assistans
à la dite procession, et ce qui avoit été même
premedité ainsy qu'il a été rapporté, mais
d'autant que c'est icy une affectation qui pourroit tirer à consequence et au mépris des or-

dres publics, encore plus une endécence qui
ne doit pas être permise à cause de l'scandale,
il a été jugé nécessaire de dresser notre présent Verbal, ce que nous avons fait pour y
être Statué ainsi qu'il appartiendra, et nous
sommes signés avec plusieurs habitants qui
sont témoins de la ditte contrevention M. Fa-
brégat maire, Betous, consul, Audibert, consul, F. C. G. M. S. J. T. G. F. Signés au
registre.

Collationné

Flammen greff

Le procureur du Roy qui a veu le verbal cy
dessus et qui a été témoin lui même du con-
tenu en iceluy requiert que les compris et
nommés dans le verbal doivent être condamnés à la somme de vingt-cinq livres d'amende
chacun.

Ginies pr du Roy.

Vu par nous Maire et consuls de la communauté de Bedarieux notre verbal du jour d'hier,
ensemble les conclusions du procureur du Roy,
condamnons les dits pierre et Louis Dourieck
frères, la vᵉ de Loudera, François Cere, Jean
Mouly, Jean Bosq fils, Lapierre ayné et La-

pierre cadet, Pierre Tongas, Paul Rabaut,
et le dit Belugon en 25 livres d'amende chacun pour les causes rapportées au d. Verbal
applicables la moitié à la conférence du très
saint Sacrement et l'autre moitié aux pauvres
et sera [notre présent jugement executé par
provision comme sagissant d'un fait de police
donné dans l'hôtel de ville ce vingt-deusieme
juin mille sept cent cinquante trois M. FABRE-
GAT maire, BETOUS consul, AUDIBERT consul,.
Signés au registre..

Collationné

FLAMMEN greff

LETTRE DE M. LE PROCUREUR GÉNÉRAL..

Monsieur il n'y a aucune difficulté que vous
ne deviez faire executer le jugement de police
et faire payer les amendes prononcées contre
ceux qui refusent de tapisser ou de mettre des
feuillages devant leurs maisons lors des processions le jour et octave du corpus Christy,
et vous ne devez pas craindre que le parlement accueille les plaintes qu'on pourroit lui
en porter, vous devez donc incessamment si-
gnifier et executer le jugement qui condamne

en 25 liv. d'amende ceux des habitants qui ne s'étoient pas conformés a cet égard à leur devoir lors des dernières processions. Je suis, Monsieur, votre affectionné Serviteur, Signé Riquet de bon repos, à Toulouse le 23 janvier 1754, et au dos a Monsieur Monsieur le procureur du Roy notre substitut à Bédarieux.

Collationné

Flammen greff

(N. B. D'après les mêmes documens furent condamnés l'an suivant par les mêmes considérans et dans les mêmes termes, Isaac Triadon, Jacques Tongas Vieux, Veuve Romieu, Jacques et André Pradel à 25 liv. et Louis et Pierre Dourieck à 50 pour récidive. Ils firent appel et sous la date du 10 août 1754 M. de St Priest, intendant à Montpellier, écrivit à M. Ginies, procureur du Roi à Bédarieux :)

J'ay reçu, Monsieur, la lettre que vous avez pris la peine de m'écrire le 5 de ce mois concernant les religionnaires qui ont interjeté appel de l'ordonnance par la quelle ils ont été condamnés à l'amende faute d'avoir tapissé le devant de leurs portes le jour de la fête Dieu, je vous prie de faire executer cette ordonnance nonobstant l'appel et si les religionnaires dont il s'agit persistent dans le refus de payer cette amende ayez agréable de m'en informer , en me marquant leurs noms, je suis, Monsieur, etc. Signé DE St PRIEST.

Collationné

FLAMMEN greff

Les consuls de la ville de Bédarieux juges de police et manufactures de la ditte ville à notre valet consulaire, huyssier ou sergent requis ce jourd'huy vingt-cinquième de may mille sept cent soixante neuf jour de la solennité du très Saint Sacrement ayant fait proclamer par notre valet de ville de nétoyer les Rues où la procession doit passer suivant luzage et de tapisser les dites Rues autant qu'il seroit possible et a deffaut de tapisserie de mettre des feuillages le long des murailles des maisons comme il a été toujours pratiqué pour honorer une ceremonie sy Sainte à quoy tant les anciens que les nouveaux convertis s'étoient toujours conformés les années precedentes avons eu la douleur de voir en assistant à la ditte procession que le nommé Antoine Galzy religionnaire habitant du dit Bedarieux avait négligé ce devoir auto-

risé sans doute par l'exemple de plusieurs
autres Religionnaires qui refuserent de le remplir les années 1753 et 1754, ce qui a été observé et examiné par le grand nombre des
assistants à la ditte procession, comme aussy
nous trouvames à la Station qui se fait sous
L'hormeau du Planol et M. le curé s'étant
apperçu qu'il y avoit sur le rempart et en perspective du reposoir des personnes qui avoient
leur chapeau sur la tête, nous aurions requis
et priés de faire mettre ces personnes dans la
decense convenable, et ensuite ayant envoyé
vers ces personnes un de nos valets consulai-
res pour les faire mettre dans leur devoir, l'on
reconnut que ce sont le nommé Mazel, et le
nommé Bompayre dit Combinette, et ce dernier se retira de suite sans oter son chapeau
ny se mettre à genoux et le D Mazel resta
opiniatrement à la place ou il était sans oter
son chapeau ny se mettre a genoux mais d'autant que c'est une affectation qui pourroit tirer
à conséquence qui remferme un mépris des
ordres publics et encore plus une endécence
qui ne doit pas être permis à cause de l'scandale il a été necessaire de dresser notre procès

verbal ce que nous avons fait pour sur iceluy
être statué ce qu'il appartiendra que nous
avons signé avec les habitants témoins des dites
contreventions.

Ouy le Sr Seguy procureur juridictionnel
a defaut du procureur du Roy de police etc.

SEGUY *Signé.*

Nous dits consuls veu notre verbal de ce
jourd'huy ensemble les conclusions du procureur juridictionnel avons ordonné avant
dire droit que les nommés Galzy, Mazel et
Bompayre compris dans le dit Verbal seront
mandés pour être ouis, les quels ayant com-
paru et s'étant excusés sur les faits contenus
au D. Verbal.

Nous dits consuls et conseillers politiques
faisant droit sur les requisitions du procureur
juridictionnel, avons condamné et condamnons les d. Antoine Galzy et Mazel en l'amende
de vingt-cinq livres, et d. Bompayre en celle
de six livres, applicables la moitié au profit de
la conférence du St Sacrement, et l'autre moitié au profit des pauvres du d. Bédarieux, et
c'est, le dit Galzy pour avoir manqué de tapisser le devant de sa porte ou la procession

du St Sacrement devait passer, et les d. Mazel
et Bompayre pour ne s'être pas tenus dans la
décence requise lorsqu'on donnait la bénédiction au fond de la Rue neuve, leur faisons de-
fensses de recidiver sous plus grande peine,
et sera notre présent jugement executé par
provision comme s'agissant d'un fait de police.
Donné en l'Hôtel de Ville à Bédarieux le vingt-
sixième may 1769 DABBES DU CAYROU consul,
pagés consul, V. C. A C. R. Signés au registre.

Collationné

FLAMMEN greffier

*Pour copie conforme aux registres de l'Hôtel-de-Ville de
Bédarieux.*

L'ÉDITEUR DE CHRÉTIENEE.

Guinard Jacques, âgé de 55 ans, qui était le
faux diacre du prêche du temps du ministre
Barberac (1), s'étant trouvé à l'article de la

(1) Nous inclinons à penser que c'est Barbeyrac qu'on a
voulu dire. Ce ministre était de Beziers où, en 1764, lui
naquit un fils, Jean Barbeyrac, habile et consciencieux tra-
ducteur de Grotius, de Puffendorf, de Tillotson.

(*Note de l'éditeur de* Chrétienne).

mort le 10 décembre 1688 assez inopinement
après la mort de sa fille, fut interrogé par le
sieur Jean Baptiste André prêtre de la cure de
Montagnac, s'il était dans les sentiments de
l'Église de Rome a quoy il repondit non. Le
D Sʳ André y retourna d'abord avec les deux
missionnaires royaux savoir le Sʳ Prat prêtre
Hebdomadier d'Agde et R. père Albiac doctri-
naire et prédicateur de l'aduent aux quels il
repondit ouy je croy. Mais moy Jean André
prêtre, chapellain saint George de Nezignan
qui say que ce n'est QUE PAR FORCE QU'ILS PAR-
LENT TOUS, ET QUE DANS LE COEUR ILS MEURENT
HÉRÉTIQUES (1), ay resolus de n'assister a aucun de ces enterrements, mais croy que ces
misérables sont indignes de terre Sainte et du
Saint convoi des ecclésiastiques, Saintes prières ect puis qu'ils meurent tous damnez, n'o-
sant pas même leur confier aucun sacrement,

(1) Que l'on convertisse néanmoins, que *l'on force d'entrer*, écrivait certaine femme — auteur, car si les pères
meurent dans le cœur hérétiques, leurs enfans, plus encore
leurs petits-enfans, et surtout les petits-enfans de leurs petits-enfans seront catholiques par excellence.

(*Note de l'éditeur de* Chrétienne).

car on ne veut en donner aucun a celui cy.

Judhith Marquese veuve de *Desáles* néophite étant aveugle et cassée de uieillesse et même malade refusa au Sʳ Prat prêtre Hebdomadier d'Agde et missionnaire royal de se confesser en l'an 1688 et le 22 décembre, le même missionnaire y allant de temps en temps avec le sieur Jean Baptiste André prêtre de la paroisse, elle les a toujours rebutez et particulièrement le 29 décembre 1688 disant que venez vous faire icy nous ne vous demandons pas, ainsy que le dit Sᵗ Prat nous a témoigné.

Rabessac, âgé de 50 ans, néophite et très méchant néophite étant au lit de la mort, nous André prêtre y étant tous allez les uns et les autres aussy bien que les missionnaires du lieu (1) nommés Sʳ Captier prêtre d'Alet et

(1) Indépendamment du curé de Montagnac, chargé d'en *catholiser* les protestans, deux missionnaires convertisseurs leur avaient été lancés ; c'est qu'à cette époque, Montagnac était en très-grande majorité protestant. Et quand éclata le tonnerre de la persécution, en général, la classe riche s'expatriait, la classe aisée payait les amendes,

père André d'Avignon avec tous les magistrats
ne peumes le resoudre à recevoir aucun Sacrement ce qui fit qu'on ne l'inhuma pas
mais qu'il demeura chez lui trois jours sans
sepulchre après les quels il y fut enterré le 28
septembre 1688, ayant été visité en premier
lieu le 19 jour de septembre, ayant été avertis de sa maladie par une femme *catholique* qui
était sa voisine.

————

Barthelemy Ruand, âgé de 46 ans, est allé
a Génève le 28 septembre 1688. il loua un
âne a la veuve Azemade catholique sous prétexte d'aller quelques lieues et lui laissa à Nismes, à laquelle Azemade veuve les consuls
de Montagnac firent certificat dans le même

la classe pauvre allait à la messe ou..... aux galères. C'est
ce qui explique pourquoi Beziers, Gignac, Saint-Pons de
Tomières, Saint-Gervais, Lunas, etc. etc., peuplés de protestans, il y a deux siècles, n'en ont presque pas un de nos
jours. Et l'on s'étonne qu'il y ait si peu de protestans en
France!... Je serais étonné qu'il y en eût un seul, si je
n'étais assuré que Dieu ne permettra jamais qu'en aucun
lieu du monde son Eglise périsse.

(*Note de l'éditeur de* Chrétienne).

jour qu'elle était catholique pour aller chercher son âne.

(Quatre fragmens d'un registre tenu à
Montagnac en 1688 et-89 par le prêtre André,
sous ce titre : *Registre de l'état des ames*. C'est,
à la lettre, une œuvre d'inquisiteur, c'est un
véritable livre rouge , comme on parlait alors,
un véritable livré noir , en langage de notre
temps. Chaque habitant de Montagnac y est
pointé sur ces divers articles : age, — confirma-
tion — première communion — devoir Pas-
chal — Pater Ave — Credo — Commandement de Dieu et de l'Église — doctrine Chrétienne — exercice du Chrétien).

L'Éditeur de Chrétienne.

Suite de la note 1 , page 104.

—

ARREST DV CONSEIL D'ÉTAT

Du 30 juillet 1685. Et commission du dit jour, par le quel le Roy interdit pour toûjours l'exercice public de la R. P. Réformée de Bedarrieux, et ordonne que le temple, qui y est construit sera demoly jusque aux fondements.

ENSEMBLE

L'ordonnance de monseigneur Daguesseau, chevalier, conseiller d'Estat, intendant de justice, police et finances en la province de Languedoc, du 16 aoust 1685. Qui ordonne, que le dit arrest sera executé,

Et le verbal de M. Loüis de Lavit, conseiller du Roy, juge des eaux et forests, en la maîtrise de s. Pons, premier consul du dit Bedarrieux, chargé de l'execution du dit arrest du 28. aoust 1685.

—◦—

EXTRAIT DES REGISTRES

DU CONSEIL D'ESTAT.

—

VEU par le Roy, estant en son Conseil ; l'Arrest rendu en iceluy le 14. May 1684. sur la Requête du Sindic du Clergé du diocese de Beziers, qui le reçoit appelant des ordinaires des Sieurs cômissaires executeurs de l'Edit de Nantes en Languedoc des troisième novembre 1661. et 15 avril 1662. qui avaient maintenu l'exercice de la R. P. R. au lieu de Bedarieux, et ordonné que pour proceder sur le dit appel, ceux de la R. P. R. du dit lieu de Bedarieux mettraient dans deux mois du jour de la signification du dit Arrest, entre les mains du Sieur Marquis de Chasteauneuf Secretaire d'Estat les titres et pieces dont ils entendoient se servir sur ledit appel et à faute de ce faire dans le dit temps, qu'il serait fait droit sur les conclusions, que le dit Sindic voudroit prendre contre eux ; ainsi qu'il appartiendroit, exploit de signification faite du dit Arrest aux ministres et anciens du Consistoire du dit Bedarieux, du 12 juin au dit an 1684. Requête présentée au Conseil par

A   ij

les dits de la R. P. R. de Bedarieux aux fins
d'être receus opposans à l'execution du dit
Arrest du 14 May 1684. déclarer le dit Sindic
non recevable en son appel et que les sus dites
ordonnances sortiront plain et entier effet,
production faite par les dits de la R. P. R. de
Bedarieux, pour satisfaire au dit arrest du
conseil, sans toutes fois se départir de la dite
Requête d'une procuration du 6 juin 1564. un
registre du consistoire du lieu de Saint Ger-
vai commençant en juin 1565. et finissant
en may 1568. un autre registre des Baptesmes, mariages et Mortuaires, commençant
en 1574. et finissant en 1622. un Estat des
Ministres des exercice du diocese de Beziers
du 4. juin 1676. un Testament du 28. décembre de la dite année, un extrait de plusieurs
synodes des années 1577. 1578. 1593. 1594.
1597 et 1598. un Testament du 20. may de la
dite année 1577. deux Contracts de Mariage
des premiers janvier et troisième juillet 1578.
un registre du Consistoire de Bedarieux commençant en 1579. et finissant en 1586. un
Testament du mois de juin 1584. un procès
verbal d'ouverture de Testament du 20 juin

1589. un extrait de colloque tenu à Gignac le
2 Aoust au dit an : un extrait de synode tenu
à Nismes le 4 may 1590. un Contract de Mariage du 7. octobre de la même année : un
Testament du 8 may 1591. un Contract de
Mariage du 6. octobre de la même année, un
acte de protestation de serment du 5. may
1594. fait par les habitans de Bedarieux : un
Rolle pour les Gages de Ministre des années
1594. 1595. un Contract de Mariage du 8 Septembre 1595. huit quittances de l'année 1596.
une du second Aoust 1596. deux Contracts de
Mariage du mois de Septembre de la dite année, quatre Contracts de Mariage des mois de
Janvier, Aoust et Septembre 1597. Arrest du
Conseil du 22. Juillet de la dite année : un
Contract de vente du 26 Décembre en suivant, un cayer de plusieurs colloques des années 1597. 1598. 1599 et 1600. un cayer de
demandes faites par les Habitans Catholiques
de Bedarieux aux Commissaires executeurs de
l'Edit de Nantes du 18. Novembre 1600. autre
cayer de demandes faites aux dits Commissaires, par les Habitans de la R. P. R. du dit
lieu de Bedarieux, le même jour Ordonnance

I I

desd. Sieurs Commissaires du 19 Décembre,
au dit an 1600. acte de sommation faite par
les Catholiques de Bedarieux à ceux de la
R. P. R. touchant la reparation d'une tour du
25. février 1601. un Testament du 28. Novembre 1680. articles accordés entre les Catholiques et ceux de la R. P. R. du 5 février
1625. deux Requêtes et commissions sur icelle
de la Chambre de l'Edit de Languedoc, des
mois de Juillet et Décembre 1629. Ordonnances des Commissaires executeurs de l'Edit de
Nantes du 25. Juin 1630. Ordonnance du sieur
Miron Intendant en Languedoc du 23. Avril
1632. autre Ordonnance des Commissaires
executeurs de l'Edit de Nantes en la même
province du 3. Novembre 1661. autre Ordonnance des mêmes commissaires du 15. Avril
1662. un imprimé intitulé examen des preuves qui se tirent des Registres des Baptesmes
et Mariages des Eglises P. R. pour la preuve
de leurs exercices au mois de Septembre 1577.
et aux années 1596 et 1597. production faite
par le Sindic du Clergé du diocese de Beziers
d'un extrait d'un livre intitulé Histoire de la
Rebellion excistée en France, portant que Be-

darieux a été pris par la force des Armes, un
acte du 21. Juillet 1622 de rachapt des vies et
biens des Habitans de la R. P. R. de Bedarieux :
Ordonnance du sieur de Valançay Commandant pour le service du Roy en Languedoc du
8. Septembre 1623. Ordonnance du sieur Duc
de Mommorancy du premier Janvier 1629,
autre Ordonnance du dit sieur Duc de Mommorancy du 20. Juillet au dit an , Arrest du
Parlement de Tolose du 13. février 1630. Ordonnance dudit sieur Miron Intendant en Languedoc du 6. Avril 1632. autre Ordonnance
du sieur Mangot de Villeraux Commissaire
deputé en Languedoc du 13. Mars 1633. Arrest
du Conseil privé du Roy du 28. May au dit
an 1633. deux Ordonnances des sieurs de
Miron et le Camus des 23. Septembre et 12.
Novembre 1633. et tout ce qui a été mis et
produit par les parties ausquelles a été respec-
tivement communiqué ; ouy le Rapport et tout
considéré ; LE ROY ETANT EN SON CONSEIL , faisant droit sur la dite instance, et ayant égard
à l'appel interjetté par ledit Scindic du Clergé
du diocese de Beziers a interdit pour toûjours
l'exercice public de la R. P. R. au dit lieu de

Bedarieux ; fait sa Majesté très-expresses inhibitions et deffences à toutes personnes de l'y faire à l'avenir, sur peine de désobéyssance, Ordonne a cette. fin que le Temple qui y est construit sera demoly jusques aux fondements à la diligence du Scindic du Clergé du diocese de Beziers et que les fraix de la demolition seront prix par preferance sur la vente qui sera faite des materiaux, VEUT EN OUTRE SA MAJESTÉ ; que la Cloche qui est au dit Temple appartienne à l'Eglise de Bedarieux sans que l'Hôpital du lieù ou le plus proche y puisse rien pretendre sous pretexte de la declaration du 21. Aoust 1684. Enjoint aux Gouverneur, Commandant en chef, Lieutenants Generaux en la Province de Languedoc, Intendant de Justice et a tous autres Officiers qu'il appartiendra, de tenir la main à l'execution du present Arrest ; fait au Conseil d'Estat du Roy, sa Majesté y estant, tenu à Versailles le 3o. jour de Juillet 1685. Philypeaux. Signé.

Louis par la grace de DIEU | Roy de France et de Navarre, aux Gouverneurs, Commandant en chef, Lieutenants Generaux en Languedoc, Intandant de Justice, et à tous autres

Officiers qu'il appartiendra ; SALUT, par l'Arrest cy-attaché sous le contre-sel de Nostre Chancellerie ce jourd'huy donné en nostre Conseil d'Estat, Nous y etant, Nous avons interdit pour toûjours l'exercice de la R. P. R. au lieu de Bedarieux, et ordonné que le Temple qui y est construit sera demoly jusques aux fondemens, et que la Cloche qui est au dit Temple appartiendra à l'Eglise de Bedarieux, ce que voulant estre executé, nous vous mandons et ordonnons par ces presentes signées de nous, d'y tenir la main en sorte que notre intention soit accomplie, de ce faire vous donnons pouvoir commission, et mandement special, commandons au premier nostre huissier ou sergent sur ce requis de faire pour l'entiere execution dudit Arrest et les ordonnances que vous rendrés en consequence, tous exploits et autres actes de Justice que besoin sera sans pour ce demander autre permission. CAR tel est notre bon plaisir. DONNÉ a Versailles le trentième jour du mois de Juillet l'an de grace 1685. et de nostre Regne le quarante-troisième. Signé LOUIS, et plus bas, par le ROY, PHILYPEAUX, seellé du grand sceau de cire jaune.   B.

ORDONNANCE

DE MONSEIGNEUR DAGUESSEAU,

INTANDANT EN LANGUEDOC.

———

Henry Daguesseau Chevalier, Conseiller
d'Estat, Intandant de Justice, Police et finan-
ce, en la Province de Languedoc. Veu l'Arrest
du Conseil d'Estat du 30 Juillet dernier, par
lequel Sa Majesté faisant droit sur l'instance
pandante d'entre le scindic du Clergé du diocese de Beziers et les habitans de la R. P. R.
de Bedarieux a interdit pour toujours l'exercice public de la R. P. R. au dit lieu de Bedarieux, fait deffence à toutes personnes de l'y
faire à l'avenir sur peine de désobeyssance,
ordonne à cette fin que le Temple qui y est
construit sera demoly jusques aux fondemens
à la diligence du scindic du Clergé du diocese
de Beziers et que les fraix de la démolition
seront pris par preferance sur la vente qui
sera faite des materiaux ; voulant sa Majesté,

que la Cloche qui est au Temple appartienne à l'Eglise de Bedarieux, sans que l'Hôpital du lieu ou le plus proche y puisse rien pretendre sous pretexte de la declaration du 21. Aoust 1684. Commission sur le même Arrest du même jour, signé Louis, et plus bas, par le Roy, Philypeaux, scelle du grand seau de cire jaune.

Nous ordonnons, que le dit Arrest du Conseil dudit jour trentième Juillet dernier, sera executé selon sa forme et teneur, enjoignons aux prevots des Maréchaux, son Lieutenant, Exempt et Archers d'y tenir la main à peine de désobéyssance; Mandons au premier huissier, ou sergent, requis de faire tous exploits sur ce necessaires. Fait à Montpellier le seizième Aoust 1685. signé Daguesseau, et plus bas, par Monseigneur, Guerignon signé :

Exploit de Troulhet huissier.

L'An 1685. et le 23. jour du mois d'Aoust, par nous Adrian Troulhet Huissier au Presidial de Besiers soussigné, à la Requisition du scindic du Clergé du diocese de Beziers, me suis exprés transporté à cheval en la Ville de

Bedarieux, ou étant ay intimé et signifié l'Arrest du Conseil d'Estat du Roy Commission, et Ordonnance de Monseigneur l'Intendant Daguesseau, dont les copies sont cy-dessus écrites; à Messieurs les Consuls du dit Bedarieux et ce parlant à M°. Loüis de Lavít Conseiller du Roy, Juge en la Maîtrise particuliere des Eaux et forests de saint Pons et premier Consul dudit Bedarieux ausquels ay enjoint et fait commandement de faire executer ledit Arrest, Commission, Ordonnance, selon sa forme et teneur : et de faire travailler incessamment à la demolition dudit Prêche; au quel ay baillé copie du dit Arrest, Commission et Ordonnance, que du present exploit, Troulhet Huissier signé.

VERBAL

DE MONSIEUR DE LAVIT CONSUL.

—

L'An 1685. et le jeudy 23 du mois d'Aoust; Nous Loüis de Lavit Conseiller du Roy, Juge en la Maîtrise particuliere des Eaux et forests de saint Pons de Thomieres siege de Majamet au diocese de Lavaur, et premier Consul de la Ville de Bedarieux, en consequence de la signification qui vient de nous être faite tout maintenant, par Adrian Troulhet Huissier au Presidial de Beziers, d'un Arrest du Conseil d'Estat du 30. Juillet dernier rendu d'entre le scindic du Clergé du diocese de Beziers, et les habitans de la Religion Prétenduë Reformée du dit Bedarieux, portant interdiction pour toujours de l'exercice public de la R. P. R. au dit Bedarieux et deffences à toute sorte de personnes de l'y faire à l'avenir à peine de

désobéyssance (1), au quel effet ordonne, que
le Temple qui y est construit sera demoly jusques aux fondemens à la diligence du dit scindic et que les fraix de la demolition, seront
prins de preferance sur la vente qui sera faite
de la demolition, voulant sa Majesté, que la
cloche qui est au dit Temple appartienne à
l'Eglise de Bedarieux sans que l'Hôpital du
lieu ou le plus proche y puisse rien pretendre
sous pretexte de la declaration du 21. Aoust
1684.

Nous dits Consul en execution du dit Arrest

(1) *A peine de désobéyssance.* Mais à l'exemple de saint
Pierre, premier révélateur des droits imprescriptibles de
la conscience chrétienne, pour la première fois méconnus
par les gouvernans de son temps, les protestans s'écrièrent :
IL VAUT MIEUX OBÉIR A DIEU QU'AUX HOMMES !!! (*) Voilà

(*) Nous ne connaissons sur cette question rien de plus courageux
ni de plus concluant que l'*Apologie des protestans de France* pour
leurs *assemblées religieuses,* et leur *Réponse à une lettre* pour cette
apologie. Deux opuscules admirables de logique, de force, d'éloquence, de piété, et portant, pour toute indication d'auteur et
d'imprimeur, cette noble enseigne : AU DÉSERT. 1745. L'on peut
consulter aussi la véridique *Histoire de la guerre des Camisards,*
par M. Court, ce ministre sans reproche et sans peur, par lequel
Abraham fut baptisé en 1736.

et du commandement qui nous a été fait de
le faire executer en seul aurions mandé chercher tous les massons que nous sçavions être
audit Bedarieux et aux lieux du voisinage ,
ayant fait cesser à l'instant tous les travaux
publics et particuliers, afin que les intentions
de sa Majesté soient executées plus prompte-
ment et lesdits massons s'êtant suivant nos
ordres rendus auprès de nous ; nous-nous se-
rions mis à leur tête et les aurions conduits
au Temple du dit Bédarieux.

Et êtant arrivés au devant d'iceluy à deux
heures après midy aurions mandé venir les

pourquoi cent ans d'incessans martyres , auxquels avaient
préludé cent cinquante ans de persécutions qui , ayant
assailli le protestantisme à sa naissance , ne firent de loin
en loin des haltes que pour réparer leur force épuisée !....
Voilà pourquoi sur le *banc retiré* par l'aïeul d'Abraham, et
placé depuis peu dans le temple de Bédarieux , sous la
chaire , au milieu du parquet , en vue de tous les fidèles ,
l'éditeur de *Chrétienne* a écrit:

> Aux jours de nos malheurs, quand tomba le saint lieu ,
> Ce siége fut sauvé. Tout un siècle d'orage
> Autour de lui gronda. Monument d'un grand âge
> C'est le digne ornement de la maison de Dieu.

(*Note de l'éditeur de* Chrétienne).

sieurs Aaron de Lavit (1) et Charles Basset
Anciens du Consistoire dudit Bedarieux ausquels ledit Arrest a été pareillement signifié,
et étant venus nous leur aurions fait entendre les ordres de sa Majesté, et que nous étions
là pour faire executer le susdit Arrest et à ces
fins leurs aurions enjoints de nous remettre
les clefs dudit Temple, pour faire proceder
à sa demolition ainsi qu'il est ordonné par les
dits Arrest; à quoy lesd. de Lavit et Basset
ayant obey nous aurions fait ouvrir les portes
du dit Temple, et y étant entré avec M^r. Tan-
don scindic du dit Clergé requerant l'execution du dit Arrest, châque particulier aurait
retiré son banc et le dit Charles Basset ce serait chargé des bancs des Anciens, des napes
servant à faire leur cene, du bassin, coupe
et tapis servant d'ornement à la chaire dudit
Temple, pour remettre le tout s'il est ainsi
ordonné (2).

(1) Louis de Lavit, premier consul, et Aaron de Lavit,
ancien, appartenaient à deux branches d'une même famille. L'une avait repoussé, et l'autre embrassé la réforme.
Il en est encore ainsi de leurs rares descendans.

(*Note de l'éditeur de* Chrétienne).

(2) Au secrétariat du consistoire de Bédarieux on n'a

Après quoy et le même jour ayant fait monter les ouvriers destinés à la dite démolition sur le couvert du dit Temple, ils auraient de nostre ordre commancé de labatre après avoir descendu la cloche, que nous aurions le même jour fait aporter dans l'Eglise paroissiale du dit Bedarieux et icelle fait remetre entre les mains de M Michel Tiffi Vicaire perpetuel du dit Bedarieux conformement au dit Arrest (1).

point vu trace de ces dépouilles du temple démoli. Aurait-il été *ordonné* à M. Charles Basset de *remettre le tout ?*

(*Note de l'éditeur de* Chrétienne.)

(1) En 1685 les protestans de Bédarieux avaient donc une cloche de laquelle ils furent dépossédés au profit de *l'Eglise paroissiale;* seraient-ils en 1838 taxés d'innovation et d'exigence, s'ils en réclamaient une de l'autorité municipale, qui sait fort bien qu'ils se sont bâti sans récrimination, il y a trente ans, un temple à leurs frais, et qu'ils seront toujours attachés de cœur à leurs frères catholiques, dans leur sainte ambition d'unir à beaucoup de foi protestante, beaucoup de charité chrétienne. Revoir la note 1, page 139. Au surplus, nous n'évoquons ce passé d'intolérance et de haine qu'afin de lui demander des leçons de tolérance et d'amour, autant pour nous que pour une communion, que nous voulons aimer comme l'on aime une

Et le lendemain vendredy 24. jour de la
Saint Barthelemy après avoir oüy la Sainte
Messe, nous aurions fait continuër dabatre
le toit du dit Temple et travailler à la démolition des murailles, ce qui aurait été continué
le samedy vingt-cinquième jour S. Louys après
avoir fait dire la Sainte Messe et demandé à
ce grand Saint, ses intercessions, pour la
prospérité et l'accomplissement de tous les
desseins de nostre Grand Roy et pour l'extirpation de l'Heresie; qu'il a entreprise avec un
zèle digne du fils ayné et protecteur de l'É-
glise.

Le dimanche 26. après la Sainte Messe,
nous aurions avec la même application fait
continuër ladite démolition aussi bien que le
lundy 27. du dit mois, en sorte que dans ces

---

sœur. Et même nous proclamons avec reconnaissance que
les divers magistrats de Bédarieux, savaient, dans nos
mauvais jours, allier leur devoir d'exécuteurs de lois
tyranniques, avec le respect et les égards dus aux convictions de nos pères. Aussi, tout en ne révélant que les
initiales des dénonciateurs, et des témoins fanatiques, nous
n'avons pas craint d'écrire en toutes lettres les noms de
ces magistrats.

(*Note de l'éditeur de* Chrétienne.)

4. jours ledit Temple, suivant le desir de sa Majesté auroit été demoly jusques aux fondemens conformement au dit Arrest et avec l'applaudissement universel des habitans du dit Bédarieux, qui s'étant toujours trouvés presens à ladite démolition remplissoient l'air de cris de Vive le Roy et demandoient au ciel par leur voix et leurs soûpirs la conservation de la maison royale à la tête desquels étoient, Mᵉ Guillaume A...., Viguier, pénétré de zèle pour le service du Roy et des bons desirs pour l'extirpation de l'Heresie, sieurs François R.. et Jean A.. nos collègues, Mᵉ Michel E... Lieutenant, M. Guillaume F..., procureur jurisdictionnel, Mᵉ Thomas A..., conseiller du Roy, Receveur des decimes, sieur Felix de V.., sieur de L..., sieur François A..., Mᵉ Jean A.., Conseiller du Roy, contrôleur des Tailles, sieur Daniel de L..., sieur Henry D..., sieur Jacques M.., sieur Guillaume S.., Mᵉ Pierre D.., Mᵉ Jean M... Viguier de Faugère, les quels assisterent tous en cette action avec des sentimens très catholiques et devouez au service de sa Majesté.

Les fraix de la quelle demolition nous aurions fournis et avancés.

Et ensuite le 28. jour du mois d'Aoust les matériaux auroient été vendus à Jean G.. pour la somme de quatre cens soixante livres, qui aurait été reçue par le dit Troulhet huissier auquel nous avons remis les quitances que les ouvriers nous ont fournies pour les journées qu'ils ont employée de nostre ordre à la dite démolition et nous avons été rembourcé de nos avances.

Et plus n'aurions procedé en foy et témoins, de quoy nous avons dressé et signé le present procès Verbal, pour être remis devers Monseigneur Daguesseau Intendant pour le Roy en cette province et fait contresigner par notre Greffier à Bédarieux le dit jour 28 du mois d'Aoust 1685. Lavit et plus bas du mandement dudit sïeur Lavit premier consul.

FONTANIEU *Greffier*.

Pour copie conforme,

L'Éditeur de Chrétienne.

FIN DES NOTES.

CÉLESTE,

PAR M. MASSÉ,

PASTEUR A BÉDARIEUX.

———

Paris 1835. — 1 vol. in-12, 232 pages. Prix : 1 fr. 50 c.

Paris, Ab. Cherbuliez ; *Genève*, même maison ;
Valence, Marc Aurel Frères, imprimeurs-libraires ;
Bédarieux, chez l'Auteur.

———

L'auteur de ce livre aurait pu l'appeler CÉLESTE ou MON CHRISTIANISME. C'est pour cela, c'est par respect pour son but, qu'il ne *voulut* pas dramatiser davantage, comme il le dit au commencement de son épilogue, où il dit aussi : « J'aimerais beaucoup avoir esquissé le christianisme d'après l'Évangile, moins toutefois en avoir exposé les preuves, que fait sentir la puissance dans des circonstances, dont chacun peut dire : *Ce sont les miennes.* » Le but de CHRÉTIENNE réclamait une action plus fortement dramatique. Puisse CHRÉTIENNE, témoigner, à ceux qui ne connaissent point l'auteur, qu'en effet il ne *voulut* point dans CÉLESTE !

Valence, imprimerie de Marc Aurel Frères.